IL MATRIMONIO DI CAROLINE

Armi e Amori, Book 4

SUSAN STOKER

Also by Susan Stoker

Armi e Amori

Proteggere Caroline

Proteggere Alabama

Proteggere Fiona

Il Matrimonio di Caroline

Proteggere Summer

Proteggere Cheyenne (Prossimamente)

Delta Force Heroes

Salvare Rayne

Salvare Emily

Salvare Harley

Il Matrimonio di Emily

Salvare Kassie

Salvare Bryn (Prossimamente)

CAPITOLO UNO

CAROLINE APRÌ la porta dell'*Aces Bar and Grill* e cercò con lo sguardo Matthew. Dopo averlo visto seduto al loro solito tavolo con l'intera squadra SEAL, oltre a Fiona e ad Alabama, Caroline si diresse nella loro direzione.

Salutando la loro cameriera abituale, Jess, mentre le passava vicino, Caroline si fece largo attraverso la folla fino al suo uomo. Il bar sembrava particolarmente affollato quella sera, ma come al solito, Matthew non attese che lei lo raggiungesse. Caroline sorrise mentre l'uomo si faceva strada verso di lei. Era quasi fastidioso il modo in cui la folla sembrava aprirsi magicamente di fronte a lui, ma Caroline non poteva biasimare i clienti. Matthew era una forza irresistibile.

Caroline esaminò il suo uomo mentre questi si

dirigeva verso di lei. Matthew era alto, circa un metro e novanta, e aveva l'aspetto di un uomo che non tollerava stronzate. Indossava dei jeans e una maglietta a maniche corte grande appena a sufficienza a lasciargli spazio per muoversi, ma che non aveva tessuto in eccesso. Caroline vedeva le braccia dell'uomo gonfiarsi mentre questi si muoveva. Si fermò e lasciò che Matthew la raggiungesse. Non si sarebbe mai fatta una ragione di quanto fosse fortunata che, chissà come, quell'uomo, quell'uomo magnificamente bello, sexy, coraggioso e intenso stesse con *lei*.

"Ehi, Ice. Mi sei mancata."

Caroline sorrise. "Ci siamo visti due ore fa."

"Lo so. Mi sei mancata lo stesso." Matthew "Wolf" Steel mise la mano sul lato del viso di Caroline e si chinò su di lei.

"Anche tu mi sei mancato," ammise Caroline con voce roca. Adorava avere le mani di Matthew addosso. Lui la faceva sempre sentire molto apprezzata.

Wolf catturò le labbra di Caroline con le proprie. Senza che gli importasse nulla che fossero in piedi in mezzo un bar e che la gente li urtasse mentre passava loro accanto, lui le mostrò quanto gli era mancata.

Le braccia di Caroline si sollevarono per afferrare Matthew dietro la nuca e lei si perse nell'abbraccio dell'uomo. Sentiva il suo corpo ammorbidirsi e prepararsi per l'amore, ma fortunatamente, prima che lei facesse qualcosa che l'avrebbe messa in imbarazzo al punto da impedirle di mettere nuovamente piede all'*Aces*, Matthew tirò indietro la testa.

"Dio, Ice. Sei fantastica. Vieni." Wolf lasciò andare il viso di Caroline e afferrò una delle mani che era passata dietro la sua nuca, portandosela al petto. "Ho già ordinato per te. Gli altri sono tutti qui."

"Ciao, ragazzi!"

"Ehi!"

"Ciao, Caroline."

"Yo, Ice."

I saluti erano schietti e sinceri. Caroline non si era mai sentita così fortunata. Non solo aveva conquistato un uomo meraviglioso quando era andata a convivere con Matthew, ma aveva anche ottenuto dei fratelli nei commilitoni di lui. Ora che Christopher aveva trovato Alabama e che Hunter aveva sposato Fiona, lei aveva anche delle sorelle e migliori amiche.

Matthew fece sedere Caroline su una sedia accanto a sé ed entrambi presero posto.

"Come mai ci hai messo tanto?" si lamentò Fiona con Caroline, sorridendo per attenuare il tono delle parole.

"Abbiamo fatto passi da gigante al lavoro. C'è un composto che stavamo testando da una vita e finalmente abbiamo scoperto come..."

Wolf mise una mano sulla bocca di Caroline e la zittì. "Sei fuori servizio, Ice. Stasera non si parla di lavoro. Siamo qui per rilassarci, non per sentirti parlare di chimica."

Tutti risero.

Caroline finse di guardare storto Matthew, ma nello stesso momento tirò fuori la lingua e gli leccò sensualmente il palmo. Sotto il suo sguardo, gli occhi dell'uomo si fecero ardenti e all'improvviso lei rimpianse che loro due non fossero da qualche altra parte.

Wolf si chinò su di lei, le tolse la mano dalla bocca e gliela mise sulla coscia. "Me la pagherai questa notte, Ice."

Caroline sentì la pelle d'oca che si sollevò alla sensazione delle parole dell'uomo contro il suo orecchio. "Ci conto, Matthew."

Wolf baciò Caroline sulla tempia e si raddrizzò, senza toglierle la mano dalla gamba. Era il figlio di puttana più fortunato del mondo. Non avrebbe mai dimenticato quanta paura aveva avuto nel guardare il video di Caroline che veniva torturata. Non avrebbe mai dimenticato come aveva trattenuto il respiro, pregando di non essere costretto ad assistere alla sua esecuzione. I terroristi avevano sperato che spedire il nastro avrebbe fatto perdere la freddezza alla squadra SEAL, ma loro erano troppo bene addestrati. Anzi, quel filmato aveva rafforzato la loro determinazione a riportare indietro Caroline viva e a sconfiggere i terroristi.

Wolf sapeva di essere fortemente in debito con Cookie, più di quanto Cookie stesso si sarebbe mai reso conto. Cookie aveva cercato di dirgli che il debito era stato ripagato quando loro erano stati costretti a interrompere una missione per tornare negli Stati Uniti e dalla donna di Cookie, Fiona, in un momento di crisi, ma Wolf sapeva che, dentro di lui, non si sarebbe mai sentito come se avesse ripagato pienamente il debito.

Hunter "Cookie" Knox era colui che aveva tenuto in vita Caroline quando lei era stata gettata fuori bordo in mezzo all'oceano. Era colui che le aveva tenuto la maschera a ossigeno contro il viso e li aveva portati via a nuoto dalla barca dei terroristi qualche istante prima che essa esplodesse.

Wolf non biasimava Caroline per la forte amicizia che la legava a Cookie. E i due erano molto amici. Wolf era un uomo possessivo, ma in quel caso non riusciva proprio a farselo pesare. In qualunque altra situazione, se un uomo avesse osato toccare Caroline, Wolf gli sarebbe saltato addosso, ma non con Cookie.

Quello era l'unico aspetto del loro rapporto che lo turbava, ma Wolf sapeva che, molto probabilmente, non lo avrebbe mai fatto notare a Caroline. Non sarebbe valsa la pena di far arrabbiare Caroline e Cookie. Wolf avrebbe dovuto farsene una ragione.

Quella era la sera in cui Wolf sperava di fare il primo passo nel rendere Caroline ufficialmente sua. Aveva chiesto a tutti i suoi amici di trovarsi lì perché aveva intenzione di chiedere a Caroline di sposarlo. Wolf sapeva quanto fossero importanti gli amici di Caroline per lei e aveva intenzione di circondarla di tutto l'amore possibile prima di chiederle di portare il suo anello.

"Come stai, Fiona?" chiese delicatamente Caroline, sporgendosi verso la sua amica. Non avrebbe mai dimenticato quanta paura aveva provato per lei quando Fiona aveva rivissuto il suo rapimento ed era scappata via da Riverton.

"Sto bene, Caroline. Adesso vedo la dottoressa Hancock una volta ogni due settimane e, onestamente, mi sento molto bene. So che non dimenticherò mai quello che mi è successo in Messico, ma tutte le volte che la situazione diventa... difficile, Hunter mi aiuta."

Caroline si allungò sul tavolo e strinse la mano di Fiona. "Ottimo. Hunter si prenderà cura di te. Non ne dubito."

Le due donne condivisero un'occhiata carica di comprensione. Fiona capiva il rapporto fra suo marito e Caroline e lo sosteneva completamente.

"Ehi, ragazzi! Siete pronti a mangiare?" La loro cameriera era in piedi accanto al tavolo. Portava i lunghi capelli neri legati in una bassa coda di cavallo che le ricadeva lungo la schiena.

"Grazie, Jess," disse Benny, sollevando lo sguardo sulla bella cameriera. "Stavamo aspettando Caroline, ma ora ci siamo tutti."

Jess annuì, si voltò e si incamminò verso il bancone, palesemente per informare il cuoco che era possibile servire loro il cibo.

"Allora, come mai siamo tutti qui?" chiese Caroline, passando lo sguardo sulla tavolata.

"Cos'è, non possiamo semplicemente trovarci tutti insieme?" chiese con un sorrisetto Sam "Mozart" Reed.

"Beh, sì," disse lei, in tono vagamente sarcastico, "ma di solito, quando lo facciamo, voi ragazzi," aggiunse, accennando ai SEAL non impegnati seduti al tavolo, "portate qualche sciacquetta e fingete di frequentarla, quando in realtà non fate altro che sfamarla prima di portarla a casa per..."

"Ehi!" la interruppe in tono di protesta Faulkner "Dude" Cooper. "Non è giusto. Noi frequentiamo *davvero* le donne che portiamo a cena."

"Sì, per una notte."

Gli uomini si voltarono sconvolti nell'udire quelle parole. Alabama non esprimeva spesso il proprio pensiero, ma ogni tanto ne tirava fuori una, come aveva appena fatto.

Christopher "Abe" Powers si sporse verso la sua fidanzata e ridacchiò. "Ecco la mia ragazza," disse con affetto.

"Cristo, voi donne siete letali," si lamentò Kason "Benny" Sawyer. "Vi lamentate quando frequentiamo qualcuna, vi lamentate perché lei non vi piace e vi lamentate quando la lasciamo."

"È perché vi vogliamo bene," disse Caroline in tutta serietà. "Tutti voi meritate di meglio che persone come Michele e Adelaide. Se ci deste retta, vi rendereste conto che capiamo subito che razza di sgualdrine siano."

"Solo perché voi tutti," disse Mozart, gesticolando per indicare i suoi commilitoni e le loro donne, "vi siete trovati, questo non significa che noialtri dobbiamo per forza fare lo stesso."

"Stronzate," disse Caroline, senza giri di parole. "Credo che tutti voi vogliate quello che abbiamo noi ed è giusto, perché ve lo meritate tutti. Ma se continuate a guardare solo le donne che conoscete in questo bar e che vogliono solo passare una notte con un Navy SEAL, non lo troverete mai. Dovete aprire gli occhi e vedere le altre donne che vi circondano. Le brave donne. Date un'occhiata a quelle che, altrimenti, non notereste mai."

Proprio mentre Caroline finiva il suo discorso appassionato, Jess arrivò al tavolo con un vassoio carico di cibo. "Spero di non aver interrotto..." disse titubante.

"Certo che no," le disse Benny in tono burbero, palesemente lieto per quella pausa nella conversazione.

Il cibo fu fatto passare attorno al tavolo e tutti si servirono. Dopo mezz'ora di buon cibo e buona conversazione, tutti si rilassarono contro le loro sedie.

"Nessuno mi ha risposto. Questa serata è un'occasione speciale o cosa?" Caroline sorrise ai suoi amici. Non le importava davvero del perché fossero lì: era felice di essere con loro. Si voltò a guardare Matthew mentre questi si alzava da tavola. Le aveva tenuto la mano sulla gamba per tutta la cena. Naturalmente, non era rimasto immobile: il suo pollice le aveva accarezzato ritmicamente la coscia, facendola fremere sulla sedia.

Caroline guardò con stupore Matthew inginocchiarsi accanto alla sua sedia.

"Cosa stai combinando, Matthew? Alzati."

Wolf deglutì a fatica. Non avrebbe dovuto essere così nervoso, ma non ce la faceva. "Io ti amo, Caroline Martin. Più di qualunque altra cosa nella mia vita." Le prese entrambe le mani nelle sue e se le portò alla bocca. Baciò il dorso di entrambe le mani prima di rimettergliele in grembo. Non mollò la presa e sentì che Caroline tremava.

"Anch'io ti amo, Matthew, ma cosa..."

Wolf la interruppe. "Io ho avuto dei grandi esempi nella mia vita. Sai che i miei genitori sono ancora insieme dopo quarant'anni di matrimonio. Ho visto quanto è importante trovare la persona giusta con cui trascorrere il resto della vita."

Caroline sussultò, essendosi improvvisamente resa conto di cosa stava accadendo. "Matthew..."

Wolf tirò dritto. "Sono stato in un sacco di posti di merda. Ho visto cose orribili. Ho fatto cose terribili. Nel profondo del mio cuore, so che tu sei troppo buona per me, ma non me ne frega un cazzo. Tu mi rendi una persona migliore. Tutti i giorni. Ogni singolo giorno mi dico: 'Quello che sto per fare renderebbe Caroline orgogliosa di me?' Se la risposta è sì, lo faccio; se no, cerco di trovare un modo diverso per affrontare la situazione."

Caroline stava piangendo apertamente, ormai. "Matthew, sul serio..."

Wolf lasciò andare le mani di Caroline e portò le sue a entrambi i lati del collo di lei. Le accarezzò la mascella coi pollici e abbassò la voce, in modo da rivolgersi soltanto a lei. "Ti amo, Ice. Ti amo con tutto me stesso. Il giorno migliore della mia vita è quello in cui mi hanno fatto sedere accanto a te su quell'aereo. Non riesco a immaginare la mia vita senza di te e non voglio farlo. Ti ho portata qui, questa sera, per chiederti di diventare mia moglie. La mia compagna. Il mio tutto. Volevo che tu fossi circondata da tutti i miei e i tuoi amici. Voglio vedere il mio anello al tuo dito, in modo che tutti gli altri uomini sappiano che sei impegnata. Che sei *mia*. Vuoi sposarmi, Caroline?"

Tirando su col naso e stringendo la maglietta di Matthew in una presa mortale all'altezza del fianco, Caroline disse: "Posso parlare adesso?"

Wolf ridacchiò, si sporse e la baciò una volta, brevemente, per poi tirarsi indietro. "Sì, Ice, puoi parlare, ma l'unica parola che voglio sentirti dire è 'Sì.'"

"Sì." La parola fu pronunciata a bassa voce, ma tutti coloro che erano seduti a tavola percepirono l'emozione di cui era carica.

Wolf accentuò la presa e si avvicinò per suggellare il patto, ma Caroline gli mise una mano sul petto e lo fermò.

"Sì, ti sposerò. Ho sognato questo momento a lungo, ma voglio che tu sappia che sono orgogliosa di te ogni maledetto giorno. Potresti stare seduto a girarti pollici tutto il giorno, tutti i giorni, e io sarei comunque orgogliosa di te. Tu non hai fatto cose terribili. Sono *altri* a fare cose terribili; tu e la tua squadra evitate che quelle cose terribili continuino a succedere a brave persone."

Caroline lanciò una breve occhiata a Fiona e le rivolse un sorriso lacrimoso. Quando Fiona ricambiò il sorriso, lei si voltò nuovamente verso Matthew.

"Per cui, sì, ti sposerò. Ti amo tanto. Porterò con orgoglio il tuo anello. Non vedo l'ora di diventare la signora Caroline Steel."

Wolf strinse Caroline a sé mentre il tavolo esplodeva in grida di esultanza e parole di congratulazioni. All'improvviso, Jess apparve con dello champagne per tutto il tavolo. Anche gli altri clienti stavano esultando per loro.

Caroline si tirò indietro e nel bel mezzo del caos, guardò Matthew negli occhi e disse: "Ti amo."

Wolf non disse nulla, ma mise una mano nella tasca anteriore dei jeans e ne estrasse un anello. Prese la mano sinistra di Caroline e baciò la base del suo anulare prima di infilarvi l'anello di fidanzamento.

Caroline abbassò lo sguardo sulla mano e sussultò. L'anello era bellissimo. I suoi occhi si riempirono subito ancora una volta di lacrime. Era palese che Matthew aveva prestato attenzione al suo gusto in fatto di gioielli. Caroline non ne indossava molti e spesso si era lamentata con Matthew di come la maggior parte dei gioielli, anelli, braccialetti e collane interferisse col suo lavoro.

L'anello di platino era incastonato con un diamante tagliato a smeraldo al centro. La gemma era circondata da due diamanti dal taglio principessa. Tutte le pietre erano montate, per cui non sporgevano assolutamente. L'anello non si sarebbe impigliato nei vestiti di Caroline o negli strumenti di lavoro. Sebbene non fosse ostentato, i diamanti erano grandi. Caroline non era un'esperta, ma la pietra al centro doveva essere da almeno un carato e i due diamanti laterali non erano molto più piccoli.

"Va bene?"

Caroline sentì la preoccupazione nella voce di Matthew e si affrettò a rassicurarlo. "È l'anello più bello che io abbia mai visto. Se volevi darmi qualcosa che non avrei mai voluto togliermi, ci sei riuscito."

"Volevo prenderti una cosa enorme, che avrebbe fatto capire a chiunque che sei impegnata, ma sapevo che l'avresti detestata."

"Mi conosci benissimo, Matthew. Davvero. Cazzo, quanto ti amo."

Wolf ridacchiò. "Puoi mostrarmi stasera quanto."

Caroline adorava la luce negli occhi del suo uomo. "Oh, sì."

Avevano una vita sessuale sana, ma in quel

momento Caroline si rese conto che quella notte sarebbe stata diversa da tutte le altre.

"Dai, Matthew, lasciala respirare. Voglio vedere quel sasso!" esclamò Fiona, facendo ridere tutti.

Wolf si alzò e prese nuovamente posto accanto a Caroline. Le tenne la mano in fondo alla schiena e infilò il mignolo nella fossetta del suo posteriore. La sentì agitarsi e capì che era perfettamente consapevole di lui e della sua mano. Wolf sorrise. La prima parte del suo piano era filata liscia come l'olio; sperava che lo stesso valesse per il resto.

Due giorni dopo essersi fidanzata ufficialmente, Caroline si sedette di fronte al suo futuro marito e lo fulminò con lo sguardo.

"Matthew, è ridicolo spendere tutti questi soldi per un matrimonio. Facciamolo da *Aces* e tanti saluti."

"Ice, io voglio darti il matrimonio più in grande possibile. Voglio che tutta la contea sappia che tu sei mia e voglio organizzare la festa più sfarzosa possibile dopo la cerimonia."

"Ma Matthew, davvero, è assurdo. Credo che tutti sappiano che sono 'tua' dal modo in cui ti comporti. Mi prendi la testa e mi baci come un ossesso tutte le volte che qualcuno mi guarda. È stato davvero imbarazzante al negozio, quando quel quindicenne ha incrociato il mio sguardo e tu mi hai fatta piegare in due! Santo Dio, Matthew, ti stai comportando come un pazzo!"

Wolf trasse un respiro profondo. "Lo so, Ice, ma voglio darti questa cosa."

"E se io non volessi?" Caroline vide un muscolo guizzare nella mascella di Matthew. All'improvviso, capì. "Ne hai bisogno, vero?"

"Se non vuoi, va bene. Andremo dal giudice di pace, oppure a Las Vegas come hanno fatto Cookie e Fiona."

Caroline ripeté quello che aveva detto, ma questa volta non lo espresse sotto forma di domanda. "Ne hai bisogno." La vista di Matthew che faticava a esprimersi la convinse a prendere la decisione per lui. Matthew avrebbe fatto qualunque cosa per lei. Le bastava dire "Che carino" o "Che figata" e prima che lei se ne rendesse conto, Matthew glielo aveva comprato. Aveva imparato a stare molto attenta a quello che diceva, quando c'era lui nei paraggi. Sapeva che l'uomo avrebbe rinunciato all'idea di un matrimonio in grande stile, se lei avesse insistito. Ma era evidente che Matthew ne aveva bisogno. Lo voleva. Caroline non poteva negarglielo.

"D'accordo. Faremo un matrimonio in grande." Caroline capì di aver preso la decisione giusta dall'espressione di sollievo che attraversò il volto di Matthew.

"Davvero, possiamo semplicemente..." L'uomo stava ancora cercando di negare.

"No. Faremo un matrimonio in grande, Matthew. Ma io ho bisogno di un po' di aiuto. Non so quello che sto facendo. E non credo che nemmeno Fiona o Alabama lo sappiano. Porca miseria, Fiona è andata a Las Vegas e si è sposata coi jeans." La voce di Caroline si crepò, ma lei proseguì: "Avevo sempre sognato di progettare il mio matrimonio assieme a mia madre, anche se parte di me sapeva che sarebbe stato difficile. I miei genitori erano anziani quando mi hanno avuta e io sapevo che era possibile che non sarebbero vissuti abbastanza da vedermi sposata, ma ci ho sperato comunque."

"Cookie."

"Cosa?"

"Cookie può aiutarti." Wolf mise una mano sulla guancia di Caroline e le accarezzò teneramente il viso col pollice.

Caroline guardò Matthew come se l'uomo avesse perso la testa. "Cosa diavolo ne sa Hunter di matrimoni?"

Wolf le tolse la mano dalla guancia e gliela passò sulla testa. Era imbarazzato, ma doveva rassicurare Caroline. "Cookie ha tenuto la tua vita fra le mani."

"E cosa c'entra questo coi matrimoni?" La voce di Caroline si intenerì; sapeva che il suo rapimento e il salvataggio erano ancora un argomento molto difficile per Matthew.

"Lui ha tenuto la tua vita fra le sue mani. Io farei qualunque cosa per Cookie. Dopo che ha conosciuto Fiona, abbiamo parlato molto dei nostri matrimoni. Di quanto sarebbero stati grandi. Di quanto sarebbero stati una grande festa, di quanto sareste state belle tu e Fiona con l'abito da sposa mentre camminavate lungo la navata verso di noi..."

Caroline non ce la faceva più. Si alzò dalla sedia su cui era seduta e raggiunse Matthew. Gli prese la mano. "Vieni, andiamo sul divano."

Si recarono al divano e Caroline spinse giù Matthew e gli si arrampicò in grembo. "Così va meglio. Adoro sentire il tuo calore contro di me. La sensazione del tuo cuore che mi batte contro la guancia mi dà conforto. Ora prosegui."

Wolf sorrise. La sua Caroline era incredibile. Lei sapeva che era dura per lui e faceva tutto il possibile per farlo sentire più a suo agio. "Ero pronto ad aiutare lui e Fiona a progettare il matrimonio, ma Fiona gli ha detto che non sarebbe riuscita ad affrontare un matrimonio grandioso. Che, con tutto quello che le era successo, si sentiva a disagio in mezzo alle grandi folle e che avrebbe preferito un matrimonio in piccolo. Cookie ha accettato subito. Io sono in debito con lui." Le parole di Wolf sfumarono ed entrambi capirono che stava rivivendo quei momenti orribili nei quali non aveva saputo se Caroline fosse viva o meno.

"Sono in debito con lui e, in questo modo, lui potrebbe vivere un matrimonio in grande stile. So che è un uomo e che non è tua madre, e so benissimo che non è normale o tradizionale, ma lui ti sarà di grande aiuto, Ice. Ti vuole bene come a una sorella. Gli permetterai di darti una mano?"

"Ma certo." Caroline non fece attendere Matthew per rassicurarlo, ma proseguì: "Adoro che tu voglia prenderti cura del tuo amico e voglio bene a Cookie come se fosse davvero mio fratello, ma sul serio, Matthew, non so proprio nulla di matrimoni. Se dalle sue idee dovesse venir fuori un circo, non prendertela con me."

Wolf cambiò posizione fino a far sdraiare Caroline sul cuscino e a mettersi sopra di lei. Le incorniciò il viso con le mani e si chinò. "Ice, Cookie potrebbe portare anche domatori di leoni e funamboli e a me non importerebbe nulla. Mi basta che, alla fine, tu sia legalmente mia per essere l'uomo più felice del mondo."

"Ti amo."

"Anch'io ti amo. Solleva le braccia. Credo che dovremmo suggellare la questione."

Caroline sorrise a Matthew e fece come lui aveva

chiesto. Mentre l'uomo le sfilava la maglietta, disse: "Adoro suggellare la questione. Suggellare il mio bel Navy SEAl.[1]"

Vide Matthew levare gli occhi al cielo, ma perse il filo dei suoi pensieri quando sentì la bocca di lui sul seno. L'uomo le abbassò la coppa del reggiseno e cominciò subito a succhiare, senza preliminari. Caroline si premette contro Matthew e sentì quanto la voleva. Oh, sì. L'ultimo pensiero che ebbe per un bel pezzo fu che le sarebbe piaciuto trattare col suo uomo, se la trattativa fosse finita sempre così.

I pensieri di un matrimonio e di Cookie furono presto dimenticati mentre Matthew si dava da fare per farla sentire felice e apprezzata.

"Che ne dici di *God Bless the Broken Road* dei Rascal Flatts?"

Caroline appoggiò la testa a una mano e posò il gomito sul tavolo della cucina. Matthew aveva chiamato Hunter e gli aveva spiegato che era diventato il loro wedding planner ufficiale. Caroline non aveva pensato che Hunter sarebbe stato elettrizzato, ma evidentemente Matthew non aveva mentito riguardo a quanto Hunter fosse stato entusiasta del proprio matrimonio, perché l'uomo era al settimo cielo all'idea di aiutarla a organizzare il suo.

Quando Caroline ne aveva parlato con Fiona, per assicurarsi che non avesse problemi riguardo al fatto che il suo uomo avrebbe organizzato il suo matrimonio, Fiona si era limitata a ridere e aveva detto: "Buona fortuna." Caroline, allora, aveva sorriso, ma adesso capiva l'avvertimento sottinteso di Fiona.

Tutto ciò era accaduto tre giorni prima. Hunter non aveva perso tempo. Aveva preso appuntamento per conto loro per far assaggiare loro diversi tipi di torta e per stabilire definitivamente il menu del buffet. Aveva stabilito un giorno per andare a comprare il vestito da sposa e l'aveva persino torturata per ore per mostrarle i fiori.

Ora stavano parlando della musica del primo ballo. Hunter aveva stilato un intero elenco di canzoni da presentare a Caroline e la cosa la stava facendo impazzire.

"Adoro quella canzone, Hunter," gli disse onestamente Caroline, "ma credo che sia molto inflazionata."

"D'accordo," concordò immediatamente Cookie. "Che ne dici di *You Say It Best When You Say Nothing At All* di Allison Kraus? Oppure, se vuoi qualcosa di alternativo, potresti scegliere *Here for You* di Ozzy Osborne."

"Davvero, Hunter, non so con che musica voglio ballare. Non so nemmeno se Matthew sappia ballare."

"Non ha importanza, Ice. Voi ballerete, perché ai matrimoni si balla. Bisogna fare le foto e seguire le tradizioni."

"Devo decidere adesso?" continuò a protestare Caroline. "Il matrimonio è fra due mesi."

"Due mesi non sono molti," la ammonì Cookie. "Più decisioni riesci a prendere adesso e meglio ti troverai quando verrà il giorno."

Caroline appoggiò la testa sul tavolo e piagnucolò. "Non riesco a decidere oggi."

"Che ne dici di *To Make You Feel My Love* di Garth Brooks?" insistette Cookie. "È tradizionale, ma dato che è una canzone piuttosto vecchia, ormai non si usa più spesso."

"D'accordo, adesso basta. Ne ho abbastanza di questa merda." Caroline si alzò in preda all'esasperazione.

"Ma dobbiamo ancora guardare i preventivi per la location e parlare delle scarpe che indosserai."

Caroline si limitò a guardare Hunter a bocca aperta. Non disse nulla, ma prese il telefono e compose un numero.

"Pronto?"

"Fiona?"

"Dimmi."

"Vieni a riprenderti tuo marito." Caroline fece una smorfia quando udì la risata di Fiona.

"Ne hai abbastanza?"

"Sì. Non riesco a credere che ne sappia di tutto. È innaturale." Guardando storto Hunter mentre parlava con la moglie di lui, Caroline proseguì: "Insomma, dai, è un Navy SEAL grosso e cattivo. Può uccidere la gente soltanto guardandola... Com'è possibile che ne sappia *così* tanto di matrimoni?"

"Vengo a riprendermelo."

"Grazie."

"A fra poco."

"Meglio prima che poi." Caroline mise giù e incrociò le braccia. Sotto il suo sguardo, Hunter arrossì e distolse lo sguardo.

"D'accordo, senti, ammetto di essermi lasciato trasportare. Ma voglio che sia tutto perfetto per te, Ice."

"Capisco, Hunter, ma devi darti una calmata. Anche se non scelgo i fiori giusti o chissà che cosa, non sarà la fine del mondo. Perché stai cercando di concentrare tutti i preparativi in una settimana?"

"Perché se dovessero chiamarci nel bel mezzo della pianificazione, non voglio che qualcosa sfugga."

Il fastidio di Caroline evaporò alle parole di Hunter. Ma certo. Gli uomini erano dei SEAL; in qualunque momento, avrebbero potuto essere chiamati a svolgere una missione e non c'era alcuna garanzia che sarebbero tornati in tempo per il matrimonio. Caroline capiva benissimo perché l'uomo fosse così deciso a pianificare tutto alla perfezione. "D'accordo, ho capito, davvero. Lascerò che tu continui a pianificare, ma devi essere più ragionevole. Il lavoro è assurdo per me, in questo periodo, e io non posso semplicemente mollare tutto per andare a comprare il vestito o per guardare i campioni delle partecipazioni."

"D'accordo. Potremo incontrarci nei fine settimana, in modo da prendere alcune delle decisioni e tagliare la testa al toro."

"Sì, mi sembra giusto. Ti concederò i fine settimana, Hunter, ma per favore, cerca di calmarti."

Cookie sorrise. "Naturalmente."

Caroline levò gli occhi al cielo, sapendo che l'uomo non sarebbe riuscito a calmarsi. Doveva solo superare i due mesi a venire; poi sarebbe tutto finito e lei sarebbe stata sposata con Matthew.

CAPITOLO TRE

"Girati, Caroline. Facci vedere la schiena," esclamò elettrizzata Fiona.

Obbediente, Caroline si voltò per mostrare ai suoi amici la schiena del vestito che indossava. Le sembrava di averne provati duemila, quel giorno, ma i suoi amici erano spietati. Ormai, le sembrava che non fosse più nemmeno il *suo* vestito quello in discussione. Aveva sentito così tanti "non è quello giusto" e "ha qualcosa che non va" che si era aspettata che loro dicessero la stessa cosa di quell'abito.

Ma non lo avevano fatto. Fiona, Alabama e Hunter avevano dato un'occhiata e concordato che era quello giusto. Naturalmente, era bianco e senza spalline. Si stringeva in vita, per poi allargarsi in una specie di campana. C'era uno strascico, ma non era fastidiosamente lungo, per fortuna. Caroline continuava a mostrare la schiena ai suoi amici.

"Mio Dio. Sì, è quello giusto," disse Alabama con voce ansimante.

Caroline voltò la testa e guardò Hunter. L'uomo aveva fatto come le aveva chiesto e si era dato una calmata durante la settimana. Ma gli ultimi weekend erano stati assurdi. Hunter l'aveva trascinata da un appuntamento all'altro e, anche se Caroline l'aveva implorata, Fiona si era rifiutata di venire. Le aveva detto: "Mi sono rifiutata di fare questa cosa per il mio matrimonio. Ti voglio bene, ma non intendo farlo per il matrimonio di un'altra." Avevano riso entrambe e lei non se l'era presa con la sua amica. Fiona aveva vissuto l'inferno e Caroline era disposta a farle qualunque concessione.

"Hunter? Sei molto silenzioso."

Cookie spostò lo sguardo dalla schiena dell'abito che Caroline indossava a Fiona. Cookie aveva avuto alcune lunghe discussioni con sua moglie riguardo al suo ruolo nel matrimonio di Caroline e Fiona lo aveva rassicurato, dicendogli che era d'accordo con tutto ciò che lui stava facendo per la loro amica. Era davvero fortunato ad avere Fiona nella sua vita. Sua moglie capiva che fra lui e Caroline c'era un legame che derivava da ciò che era accaduto alla donna quel giorno nell'oceano e non gli portava il minimo rancore per quei piani matrimoniali.

In risposta alla domanda di Caroline, Cookie rivolse a sua moglie un'occhiata intensa. "L'abito è perfetto. Il fatto che non esista un modo facile per tirarti fuori lascerà Wolf frustrato ed eccitato per tutto il giorno. Ma lui saprà che basta uno strattone per slacciare il fiocco. Potrà sfilare lentamente ciascun nastro fino a quando il vestito non ti ricadrà attorno alla vita."

L'aria parve crepitare e Caroline prese bruscamente fiato, sapendo che Hunter non stava parlando di lei e di Wolf, ma vedeva invece la propria moglie al posto di Caroline.

"È ora di andare," disse all'improvviso Cookie. Si alzò e afferrò la mano di Fiona. "Alabama, puoi dare tu un passaggio a Caroline, vero? Noi abbiamo da fare." Trascinò praticamente Fiona fuori dalla porta del piccolo negozio, ma si fermò per dare a sua moglie un bacio intenso appena fuori dall'ingresso.

Caroline guardò Alabama. "Porca puttana. Mi sa che gli è piaciuto davvero."

Risero entrambi. L'occhiata che Hunter aveva rivolto a Fiona era stata ardente e il bacio peggio ancora.

"Vieni, tiriamoti fuori da quell'arnese e andiamocene, prima che Hunter torni in sé e corra di nuovo qui a farti fare qualcos'altro per il matrimonio," disse Alabama a Caroline con una risata. "E poi, credo di aver voglia di tornare a casa e vedere come se la cava Christopher. Sono sicura che c'è qualcosa con cui posso aiutarlo."

"Santo Dio, voialtri siete dei maniaci!" si lamentò bonariamente Caroline.

"Come se tu non lo fossi!" brontolò di rimando Alabama.

Caroline si limitò a sorridere. Sì, Alabama non aveva torto. Tutte le volte che faceva l'amore con Matthew, l'esperienza sembrava diventare sempre migliore.

"A pensarci bene, abbiamo effettivamente un po' di tempo libero, giusto?"

Caroline si tirò fuori dal vestito con l'aiuto di Alabama il più velocemente possibile. Si assicurò di pagare una caparra per lo splendido abito e promise di telefonare presto per prendere appuntamento per farlo sistemare, anche se non ci sarebbe voluto molto lavoro per renderlo perfetto.

Alabama e Caroline lasciarono il negozio sottobraccio. "Grazie per essere venuta con me, Alabama," disse sinceramente Caroline alla sua amica.

"Non me lo sarei mai perso."

———

"Ma insomma, Hunter, non è colpa mia se ti sei arrapato così tanto da dover tornare a casa e trascorrere il resto della giornata a dimostrare a Fiona quanto la ami."

"A ogni modo, Ice, dobbiamo comunque mettere la parola fine a questa faccenda."

Caroline non si dispiaceva per Hunter. "No, tu mi hai promesso che lo avremmo fatto nei fine settimana. Adesso non è il fine settimana. È venerdì. Sono impegnata al lavoro. Finirò per le quattro. Potremo farlo allora."

Cookie sospirò. Sapeva che non si stava comportando in maniera ragionevole, ma voleva concludere tutto. Una volta finito, avrebbe potuto rilassarsi e poi godersi il matrimonio. "Ma dobbiamo scegliere il cibo e possiamo farlo solo oggi all'una."

"Allora sceglilo *tu*, Hunter."

"Davvero?"

Caroline scosse la testa esasperata, sapendo che Hunter non poteva vedere il gesto, dato che lei gli stava parlando al telefono. "Sì, davvero. Non mi importa cosa mangiamo. Basta che tu ti assicuri che sia buono. Che ti assicuri che ce ne sia per tutti. Che ti assicuri che sia variegato. Dovrà esserci qualcosa per i vegetariani e per le persone che amano la carne, e anche... qualcosa col pollo. Basta che non esageri."

"Quando mai?" chiese Cookie, cercando di suonare innocente.

"Già. Sul serio, scegli qualcosa e basta, Hunter."

"D'accordo. Cosa mi dici di *Inevitable* degli Anberlin?"

"Devo ancora decidere, Hunter."

"Ma la data si avvicina e tu non hai ancora scelto la canzone. Voglio solo aiutarti."

"Tu non mi stai aiutando." Caroline sentiva il sorriso nella voce di Hunter.

"D'accordo, per ora basta così. Ice?"

"Sì?" Caroline era pronta a tutto.

"Grazie."

"Per cosa?"

"Per aver lasciato che ti aiutassi. Per avermi concesso questo privilegio."

Caroline sorrise. Adorava aver *potuto* concedere quel privilegio ad Hunter. Non aveva più i genitori, ma Hunter era deciso a rendere perfetto il suo matrimonio. Voleva assicurarsi che lei non si perdesse nulla di ciò che poteva offrire un matrimonio tradizionale. E per questo, lei gli voleva bene. "Prego. Ora vai a cercare qualcosa di buono da mangiare al ricevimento."

"Sissignora."

Caroline chiuse la comunicazione e appoggiò la testa sulla scrivania. Per la centesima volta, espresse il desiderio che il matrimonio fosse già passato, ma a onor del vero, adorava condividere l'esperienza con Hunter. Anche se lui si comportava da pazzo. Non aveva idea di cosa avrebbe fatto se fosse stato tutto nelle sue mani.

———

"Davvero non ti importa di quanto Hunter abbia preso in mano l'organizzazione del nostro matrimonio?" chiese in tutta serietà Caroline a Matthew quella sera. Ci aveva riflettuto molto e Matthew non aveva davvero detto molto riguardo alla pianificazione del matrimonio o al ruolo di primo piano assunto da Hunter.

"Non mi interessa, davvero."

"Ma hai detto che volevi un matrimonio grandioso," lo incalzò Caroline.

"È vero."

"Ma..."

"Io voglio un matrimonio grandioso, ma non me ne frega un cazzo di chi lo organizza. Posso anche aver parlato con Cookie dell'organizzazione del matrimonio, ma onestamente non avevo una gran voglia di fare tutto quel lavoro. Sono felicissimo che lui possa progettare il matrimonio che ha sempre voluto."

"Mi sta facendo impazzire."

Wolf sorrise e avvicinò Caroline a sé. Erano spaparanzati sul loro grande letto dopo aver fatto l'amore. Caroline era accoccolata contro il suo fianco, con una gamba buttata sopra le sue cosce, e gli aveva appoggiato la testa sulla spalla. Un braccio della donna era piegato di fronte a lei e l'altro sul petto di Wolf a giocare distrattamente col suo capezzolo. Lui lo adorava.

"Lo so."

Caroline sollevò la testa e fissò Matthew. "Lo sai?"

"Ma certo che lo so. Tutte le domeniche mi dici quanto sei felice che il fine settimana sia finito. Ma, Ice, tu sarai bellissima, il matrimonio sarà bellissimo e i miei genitori piangeranno. Tu piangerai, le tue amiche piangeranno, faremo festa tutta la sera e poi io farò l'amore con la mia nuovissima moglie per tutta la notte. Credo che valga la pena che Cookie ti faccia dare di matto tutti i fine settimana, per questo."

"Stronzo," disse ridendo Caroline, senza la minima cattiveria. Tornò ad appoggiare la testa sulla spalla di Matthew.

Cambiando leggermente argomento, chiese: "Hai un'idea su una canzone che ti piacerebbe per il nostro primo ballo?" Caroline sapeva che Hunter era infastidito che lei non avesse ancora scelto una canzone, ma non era brava in quelle cose; tuttavia, sapeva di voler prendere quella decisione. Almeno in quello, voleva essere *lei* a scegliere la canzone al ritmo della quale lei e Matthew avrebbero ballato per la prima volta come marito e moglie.

"No."

"No?"

"No, non mi importa di cosa scegli."

"Ma è il nostro primo ballo."

Wolf rotolò fino a quando Caroline non fu nuovamente sotto di lui. Si mosse finché il suo inguine fu allineato con quello di lei. Sentì contro il bacino l'umidità generata dalla loro unione e cominciò immediatamente ad avere una nuova erezione. Si sentiva come un ragazzino con Caroline, non come un uomo di più di quarant'anni che non avrebbe dovuto riuscire a farselo alzare più di una volta a notte.

"Quando verrà il momento del nostro primo ballo, io non sentirò la musica. Sarò troppo distratto dal fatto che ti avrò finalmente fra le mie braccia come moglie. Tu sarai bellissima con il tuo abito da sposa e io, molto probabilmente, starò cercando il modo più veloce per tirarti fuori da lì. Ondeggeremo un po' avanti e indietro, tu mi sorriderai e io non riuscirò a pensare perché avrò tutto il sangue all'uccello e starò cercando di non farmelo venire duro di fronte a tutti i nostri amici. Per cui, no, non mi importa quale canzone sceglierai per il nostro primo ballo."

"Porca troia," ansimò Caroline mentre sentiva Matthew indurirsi in maniera fulminea contro di lei. "D'accordo." Quando lui non si mosse né disse altro, proseguì: "Sono felice che abbiamo avuto questa conversazione... Ti voglio."

Wolf sorrise. Sì, Caroline lo voleva. Se ne era reso conto. La donna si mosse sotto di lui e gli passò le mani lungo la schiena fino a stringergli il posteriore e premerlo contro di lei. "C'è altro del matrimonio di cui vuoi parlare?"

"Ehm... mmh? Oh... no. Matthew, per favore..." La schiena di Caroline si piegò mentre Matthew, lentamente, penetrava nel suo calore umido.

"Potremo parlare di qualcos'altro, se vuoi. Il cibo? Le decorazioni? Le bomboniere?" la provocò Wolf mentre indietreggiava lentamente, per poi affondare più duramente rispetto alla prima volta.

"No, è tutto a posto."

Wolf smise di pensare a modi per prendere in giro Caroline riguardo al matrimonio imminente e, invece, si impegnò a darle piacere; non che fosse difficile. Adorava che Caroline fosse sempre disposta a fare quello che voleva lui. La donna non gli diceva mai di no ed era sempre disponibile a giocare. Wolf si mise all'opera, giocando con la sua donna.

CAPITOLO QUATTRO

"Alabama, non so che canzone scegliere per il primo ballo," si lamentò Caroline con la sua amica. "So che Hunter, probabilmente, ne sceglierebbe una fantastica, ma voglio farlo io. Però non ho idea di cosa scegliere." Caroline si rendeva conto che stava piagnucolando, ma non aveva idea di come smettere. "Aiutami, Alabama! Dammi qualche suggerimento!"

"D'accordo, vediamo... potresti andare sul classico... *Only Fools Rush In* di Elvis?"

Caroline arricciò il naso e scosse la testa. "Non credo che riuscirò mai a decidermi. Facciamo così: dimmi tutte le canzoni che ti vengono in mente e io vedrò se qualcuna di esse mi colpisce."

"*Amazed*, Lone Star; *Here and Now*, Luther Vandross; *Steady As We Go*, Dave Matthews; *You Won't Ever Be Lonely*, Andy Griggs; *Wonderful Tonight*, Eric

Clapton; *From This Moment*, Shania Twain; *Your Arms Feel Like Home*, 3 Doors Down; *Grow Old With Me*, John Lennon; *Could I Have This Dance*, Anne Murray; *I'll Be There For You*, Bon Jovi; *Evergreen*, Barbara Streisand; *Loving You Forever*, New Kids on the Block; *Because You Loved Me*, Celine Dion; o *Everything I Do, I Do For You* di Bryan Adams." Alabama trasse un respiro profondo.

"È inutile," gemette Caroline. "Voglio dire, sono tutte canzoni fantastiche. Sono tutte spaventosamente romantiche e sarebbero ottime come canzone per il primo ballo."

"Ma nessuna è quella che vuoi davvero, eh?" la commiserò Alabama.

"No. Ma il problema è proprio questo: non so *cosa* voglio."

"Credo che te ne renderai conto quando la sentirai, Caroline." Alabama cercò di consolare la sua amica.

"Ma il tempo sta per esaurirsi. Davvero!"

Fiona prese Caroline per le spalle e le diede un piccolo scossone. "Rilassati, Caroline. Troverai. Una. Soluzione."

"Hai ragione. Cazzo. Voglio dire, sono stata rapita da dei terroristi. Una cosa del genere *non* dovrebbe farmi perdere la testa. Giusto?"

"Giusto."

"Non è niente di che. Andrà come andrà. Ne sceglierò una e tanti saluti. Anzi, la farò scegliere ad Hunter. In questo modo, potrò andare in pace." Caroline vide l'occhiata che le lanciò Alabama e sospirò. "Va bene, non lo farò. Non voglio farlo. Troverò una soluzione."

"Forza, andiamo a mangiare un gelato o qualcosa di simile. Ti aiuterà a rilassarti."

"Qualunque scusa è buona per il gelato." Caroline sorrise ad Alabama. "Grazie di esserci."

"Naturalmente, Caroline. Non vorrei essere da nessun'altra parte. Andiamo."

———

Caroline se la prese comoda in cucina mentre lavorava sull'insalata che stava preparando per la cena. Sapeva che avrebbe dovuto sollevare un argomento scottante con Matthew e non era sicura di come fare. Era da un po' che ci pensava su e non era più vicina di prima a trovare un modo per avvicinare Matthew. Alla fine, decise semplicemente di buttarsi. Forse sarebbe stato più facile se entrambi fossero stati impegnati a fare qualcosa.

"Ehi, Matthew, devo dirti una cosa riguardo al matrimonio."

Wolf sollevò lo sguardo dalla bistecca che stava grigliando sul fornello. "Spara."

Caroline si morse il labbro e abbassò lo sguardo sul peperone verde che stava tagliuzzando. Ora o mai più. Parlò tutto d'un fiato.

"VogliomettereilTridentediHuntercomecosavecchia." Sentì l'aria nella stanza immobilizzarsi. Sapeva fin dall'inizio che a Matthew non sarebbe piaciuta l'idea. Non sapeva esattamente perché a Matthew non sarebbe piaciuto che lei indossasse la spilla di Hunter, ma in quell'idea c'era qualcosa che lei sapeva essere importante, pur non sapendo cosa.

Proseguì a testa bassa, continuando a non guardare Matthew. "Mi sono detta che, siccome lui ce l'ha avuta per molto tempo e l'ha data a me, conta come qualcosa di vecchio. Voglio dire, dal momento che me l'ha data non può essere una cosa presa in prestito, per cui..." All'improvviso, il coltello che stava usando per tagliare le verdure le fu tolto di mano e lei si ritrovò voltata su se stessa.

Wolf fece voltare Caroline finché non furono faccia a faccia. Sapeva già da tempo di dover risolvere quella faccenda, ma non aveva voluto sollevare l'argomento. "Ice, tu sai cosa significano per noi le nostre Budweiser, vero?" Quando Caroline annuì lentamente, ma al tempo stesso parve confusa, lui capì che stava mentendo. Lei non sapeva quanto fosse importante quella spilla per un SEAL. Wolf proseguì. "Io..." Le parole gli rimasero bloccate in gola.

Sin da quando aveva saputo che Cookie aveva dato la sua spilla col tridente da SEAL a Caroline quando era in ospedale, era scontento. Avrebbe dovuto essere *lui* a darle la sua spilla. Ma era stato un cretino e aveva cercato di rinunciare a Caroline. Abe lo aveva punzecchiato fino a quando lui non si era reso conto che non avrebbe mai potuto farlo, che aveva bisogno di Caroline nella sua vita. Ma prima che lui se ne rendesse conto, Cookie, a modo suo, l'aveva rivendicata. A Wolf rodeva sapere che Caroline aveva la spilla di un altro uomo.

Lui voleva bene a Cookie come se fossero parenti, ma questo non cancellava gli altri suoi sentimenti. Wolf voleva bene a Fiona come a una sorella e sapeva che lei e Cookie erano molto legati, che Caroline avesse la spilla di Cookie non significava nulla, se non un rapporto fraterno, ma lo detestava comunque. Sapeva, nel profondo del cuore, che Caroline era sua e che Cookie sapeva che lei gli apparteneva. Che Caroline si considerava sua. Ma che possedesse la spilla di Cookie gli dava comunque fastidio.

Non era razionale, ma era quello che era. Wolf si schiarì la voce e cercò di proseguire, provando a trasmettere a Caroline i suoi sentimenti senza far la figura del cretino geloso. "Quel giorno ho fatto una cazzata." Quando Caroline scosse la testa, lui le appoggiò un dito sulle labbra. "Lasciami finire, per favore." Lei annuì e Wolf proseguì.

"Ho fatto una cazzata. Ho deciso che tu saresti stata meglio senza di me e il mio amico e commilitone ha fatto quello che avrei dovuto fare io. So che tu mi appartieni, so che mi ami, ma mi rode che tu abbia la *sua* spilla."

Wolf sapeva che avrebbe dovuto dire molto di più, ma non sapeva da dove cominciare o come dirlo. Appoggiò una mano sulla nuca di Caroline e le mise l'altra sulla vita. La attirò nel suo abbraccio, appoggiando la fronte contro quella di lei. "Io ti amo, Ice. Mi spaventa vedere quanto mi rendi vulnerabile. Emotivamente e fisicamente. Basterebbe che una persona minacciasse la tua vita perché io posassi tutte le mie armi e la implorassi di fare del male a me invece che a te."

"Matthew..."

"Shhhh, lasciami sfogare. Per favore." Quando la donna annuì, lui proseguì. "Le nostre Budweiser sono una cosa fottutamente importante per ogni SEAL. Ci facciamo un culo così per quella spilla e, quando finalmente la otteniamo, essa ratifica tutto il nostro duro lavoro e il fatto che siamo parte di quella fratellanza che sono i SEAL. Conosci il detto "Un SEAL non abbandona mai un SEAL.""

Caroline annuì di nuovo.

"So di averti abbandonata e questo mi fa morire. Sto cercando di trovare un modo per spiegartelo e fartelo capire. So che, all'apparenza, sembra che mi stia comportando come un cavernicolo e che sia geloso, e non voglio mentire: è anche così, ma non solo. Il fatto che tu abbia la spilla di Cookie è come se io portassi l'anello che mi ha dato un'altra donna appeso a una catena attorno al collo."

Quando Caroline, all'improvviso, prese fiato, Wolf accentuò la presa delle mani e poi la rilassò di nuovo. Detestava farla soffrire, ma doveva farglielo capire. "Certo, nessuno potrebbe vederlo, ma tu sapresti che è lì. Anche se si trattasse di una cosa data in amicizia, anche se per me non significasse null'altro che amicizia, tu sapresti comunque che è lì."

"Ho capito, Matthew. Domani restituirò la spilla ad Hunter."

"No. Io non voglio che tu lo faccia." Di fronte all'occhiata confusa sul volto di Caroline, Wolf sospirò e fece un passo indietro. Si chinò e spense il fornello. Se anche le bistecche si erano rovinate, non importava. Wolf prese Caroline per mano e la condusse al divano. Sembrava che riuscissero a parlare meglio quando erano l'uno fra le braccia dell'altra.

Wolf si sedette, e aspettò fino a quando Caroline

non si sedette accanto a lui, per poi voltarsi fra le sue braccia. Le avvolse un braccio attorno alle spalle e le passò la mano libera fra i capelli.

"Non voglio che tu restituisca la spilla. Cookie ci rimarrebbe male. Te l'ha data perché significava qualcosa. Voi due avete vissuto un'esperienza molto forte fra le onde. Di conseguenza, siete legati. Sarei uno stronzo se cercassi di portarvelo via. Te lo dico chiaro e tondo, Caroline: voglio che tu indossi la *mia* spilla al nostro matrimonio. Voglio dartela e voglio che tu la tenga vicino al cuore."

"Perché non me lo hai detto prima?"

"Perché mi fa fare la figura dello stronzo."

"No. Non è vero."

"Beh, allora mi fa *sentire* uno stronzo. Come se fossi in competizione col mio amico, ma so che non lo sono. Non riesco a spiegartelo, ma è come quando ti ho messo l'anello al dito. Quella spilla è la cosa più importante per me. Essere un SEAL fa parte di me e darti quella spilla è come darti una parte di quello che sono."

"Non indosserò la spilla di Hunter."

Wolf sospirò. "Grazie, piccola."

"Sapevo che non eri entusiasta che l'avessi, ma non avevo capito. Vorrei che tu mi avessi detto qualcosa prima. Non mi piace sapere che sei stato male e non mi hai permesso di aiutarti."

"Lo so, avrei dovuto farlo. Ma più tempo passava e più diventava difficile affrontare l'argomento. Non potevo certo tirarlo fuori dal nulla. Ti amo, Ice. Sarei onorato se tu indossassi il mio Tridente il giorno del nostro matrimonio come la tua 'cosa vecchia.'"

"Lo farò, Matthew. Te lo prometto."

"Hai fame?"

Caroline rise. "Sì."

"D'accordo, allora alzati. Prepariamo la cena."

Wolf sapeva di essersela cavata con poco, ma Caroline era fatta così. Non gli avrebbe mai permesso di crogiolarsi nella gelosia o nel senso di colpa. Lei lo ascoltava, capiva le sue emozioni e cedeva immediatamente. Niente drammi. Era una persona su un milione e quello era uno dei motivi per cui lui la amava.

CAPITOLO CINQUE

"Sembrerebbe tutto a posto, Ice."

Caroline annuì ad Hunter. Avevano entrambi lavorato molto duro nel corso dell'ultimo mese, per fare in modo che ogni aspetto del matrimonio fosse pianificato e pronto. D'accordo, era stato Hunter a fare il grosso del lavoro, ma aveva convinto Caroline a concordare con la maggior parte degli elementi. Caroline era scoppiata a piangere solo una volta, quando avevano discusso di chi l'avrebbe accompagnata all'altare. Suo padre non c'era più e lei era rimasta duramente colpita dalla consapevolezza che l'uomo non avrebbe mai visto la sua bambina sposare l'amore della sua vita. Alla fine, avevano deciso che avrebbe percorso la navata da sola. Non le dispiaceva: era indipendente da molto tempo.

"Dobbiamo solo stabilire la canzone del primo

ballo e il programma della giornata." Cookie guardò Caroline con aria di aspettativa. La tormentava da un mese per capire con quale canzone volesse ballare, e lei non aveva ancora preso una decisione. Era ormai diventato uno scherzo ricorrente fra di loro.

"Hunter, troverò la canzone prima che giunga il momento, non preoccuparti." Caroline cercò di tranquillizzarlo, ma la verità era che era nervosissima riguardo a quel primo ballo, ma non voleva che l'amico continuasse ad assillarla.

"Ma, e se il dj non avesse quella canzone nella sua playlist? Devi dirglielo prima del ricevimento, in modo che sia certo di averla."

"Ho detto che la troverò." Il tono nervoso, Caroline stava perdendo velocemente la pazienza.

Sapendo di camminare su ghiaccio sottile, Cookie cambiò argomento. "D'accordo, allora, parliamo del programma. Tu, Alabama e Fiona verrete qui in chiesa a prepararvi. D'accordo?"

Caroline annuì, rilassandosi ora che Hunter aveva lasciato perdere l'argomento della canzone. Adorava alla follia la chiesa che avevano scelto. Non era particolarmente religiosa, ma le piaceva il pensiero di sposarsi nella casa di Dio. Matthew non aveva una chiesa preferita e le aveva detto che si sarebbero sposati in qualunque chiesa lei volesse, purché si sposassero.

Caroline e Hunter avevano esaminato diverse chiese di Riverton prima di decidere. Quella che avevano scelto aveva un portone rosso acceso, il dettaglio che aveva determinato la scelta per Caroline. C'era qualcosa, in un edificio religioso che aveva il fegato di sfoggiare la porta di rosso acceso, che le dava la sensazione che fosse quello giusto. Sapendo che non era consueto permettere a gente a caso di sposarsi in chiese a caso, Caroline e Matthew avevano avuto un colloquio con la pastora e lei aveva accettato di celebrare il matrimonio.

Cookie continuò a descrivere il suo programma per il giorno del matrimonio. "Mentre le ragazze si prepareranno in chiesa, Wolf e noialtri ci ritroveremo a casa sua. Poi prenderemo la limousine..."

Caroline levò gli occhi al cielo. Ancora non riusciva a credere che quei SEAL grossi e cattivi avrebbero affittato una limousine. Sembrava tutto molto normale, ma per il suo uomo e la squadra di lui non lo era affatto.

"... e arriveremo in chiesa circa mezz'ora prima del matrimonio. Non voglio correre il rischio che Wolf ti veda con l'abito da sposa prima della cerimonia. Porta sfortuna."

Si diceva che anche un'altra cosa portasse sfortuna, ma Caroline aveva battuto il piede per terra e si era rifiutata di seguire la tradizione che avrebbe voluto che lei trascorresse la notte prima del matrimonio lontana da Matthew. Aveva dichiarato che si trattava di una tradizione stupida e aveva detto ad Hunter che lei trascorreva abbastanza notti lontana da Matthew quando lui era in missione e che non intendeva farlo la notte prima del suo matrimonio. Per fortuna, Hunter aveva ceduto senza che fosse necessaria ulteriore insistenza. Ma non si era schiodato dalla convinzione che Matthew non dovesse vederla con l'abito da sposa prima della cerimonia. Caroline aveva lasciato correre; purché non le toccasse trascorrere una notte separata da Matthew quando questi era negli Stati Uniti, non aveva problemi a seguire l'altra tradizione.

"Faremo tutte le foto dopo il matrimonio, intanto che gli ospiti si dirigono al ricevimento. Ci saranno abbondanti hors d'oeuvre per loro mentre ci aspettano. Per non parlare dell'open bar. Tu e Wolf arriverete al ricevimento con la limousine e noialtri vi seguiremo con le nostre auto."

"Come faranno le vostre auto ad arrivare fino alla chiesa?" chiese Caroline. Conosceva la risposta, ma voleva che Hunter la sputasse fuori.

"Le porteremo la sera prima, così saranno pronte."

Caroline sorrise. Hunter era divertentissimo. Non aveva idea che lei lo stava semplicemente prendendo in giro.

"Poi, dopo il ricevimento, tu e Wolf andrete in luna di miele."

"A proposito: come faccio a preparare le valigie se non so dove andiamo?" Matthew si era rifiutato di rivelarle la destinazione. Caroline sperava che si trattasse di una spiaggia calda, tipo Maui, ma anche quando aveva implorato e persino dopo una serata particolarmente energica a letto, lui si era rifiutato di risponderle.

"Sarà Fiona a fare i bagagli per te."

Caroline gemette. Aveva creduto che sarebbe riuscita a usare la scusa "Devo fare le valigie" per convincere qualcuno a dirle dove sarebbero andati.

"Il comandante gli ha dato la settimana libera, giusto?" Caroline voleva essere sicura che lei e Matthew sarebbero potuti partire senza preoccuparsi di dover tornare indietro in tutta fretta nel caso fosse successo qualcosa.

"Sì, il comandante Hurt sa che Wolf sta per sposarsi. Ha concesso una settimana di licenza anche a noi. Io andrò in una seconda luna di miele con Fiona e Abe farà la stessa cosa con Alabama. Credo che Mozart voglia andare a Big Bear Lake e chissà cosa faranno gli altri. Ma il senso è che non dovrai preoccuparti di nessuna interruzione: tu e Wolf avrete tutta la settimana per voi."

Caroline sorrise. Grazie a Dio.

Sapendo che Hunter era di buonumore, lei decise che era il momento giusto per sollevare l'argomento della spilla Budweiser. Se quella faccenda era così importante per Matthew, lei doveva discuterne con Hunter.

"Hunter, voglio parlarti di una cosa."

"Spara, Ice."

"Si tratta della spilla che mi hai dato."

Cookie gli dedicò piena attenzione. "Vai avanti."

"Sai che è molto importante per me..." Caroline non riuscì ad aggiungere altro prima che lui la interrompesse.

"Wolf te ne ha finalmente parlato?"

Caroline guardò Hunter di traverso. "Sìììììì." Strascicò la parola, chiedendosi a cosa stesse pensando Hunter.

Cookie si chinò e le afferrò le mani. "Sapevo che prima o poi sarebbe successo. Ice, Wolf non è mai stato contento che tu avessi la mia spilla. Porca miseria, a un certo punto mi ha persino ordinato di riprendermela, ma io mi sono rifiutato."

"Non capisco."

"Ice, tu e io abbiamo vissuto qualcosa che non dimenticherò mai in tutta la mia vita. Sono un navy SEAL veterano, ma nulla mi ha mai colpito come quando eravamo sotto l'oceano. Non ti sei lasciata prendere dal panico, hai tenuto duro e il tuo primo pensiero, quando sei uscita dall'oceano, è stato per Wolf."

Caroline annuì, aspettando che Hunter arrivasse al punto.

"Ti ho dato la mia spilla perché hai dimostrato il tuo valore a me e al resto della squadra. La meritavi e io sono stato felice di darti qualcosa che era così importante per me."

"Ma?" Era evidente, per Caroline, che Hunter aveva qualcosa da aggiungere.

"Ma ora stai per sposarti. Wolf è il tuo uomo e non è felice che tu abbia la mia spilla."

Caroline capì. "Senti un po', Hunter. Non voglio sembrare cattiva, ma in questa faccenda, Matthew non ha voce in capitolo." Sollevò la mano quando parve che l'amico volesse dire qualcosa. "Io lo amo più della mia stessa vita, ma non credo che lui abbia il diritto di dirti che devi riprenderti la tua spilla o di dire a me di restituirtela. In ogni caso, credo di dovertela restituire."

Cookie non disse nulla; si limitò a continuare a guardare Caroline.

"Non avevo capito quale fosse il suo significato, nemmeno per i SEAL. Ma ora che lo so..." Caroline prese fiato. "Non so davvero come dirlo. E so che mi verrà male."

"Va tutto bene, Ice," la tranquillizzò Cookie.

"Il fatto è che tu hai una donna tua, ora. Anche se so che nemmeno Fiona capisce davvero la faccenda della spilla, ora che io lo so, mi mette a disagio avere la tua spilla quando tua moglie non ce l'ha. Ha senso?"

Cookie si allungò e prese Caroline fra le braccia. "Ha senso." Quelle parole furono pronunciate a bassa voce, ma con forte emozione.

"Non ho bisogno di avere la tua spilla per sapere quello che provi per me, Hunter. Avrai sempre un posto speciale nel mio cuore. Non dobbiamo scambiarci gioielli per dimostrarlo." Caroline fece una pausa e, per alleggerire l'atmosfera, proseguì: "A meno che tu non voglia che io ti dia un braccialetto dell'amicizia o qualcosa di simile."

Le sue parole ebbero l'effetto desiderato e allentarono la tensione.

Cookie si tirò indietro, la baciò sulla fronte e la lasciò andare. "Non serve."

Caroline sorrise ad Hunter. "Grazie per la comprensione. Potresti parlare con Fiona e spiegarle tutto? Io non riesco... Non voglio che lei..."

"Glielo spiegherò."

Caroline trasse un sospiro di sollievo. Hunter comprendeva le sue paure senza che lei dovesse descriverle ad alta voce. Non voleva perdere la sua amicizia con Fiona, dopo tutto quello che avevano passato insieme, soprattutto dopo qualcosa che non significava nulla per lei, se non altro non in *quel* senso. "Ti restituirò la spilla la prossima volta che ti vedrò."

"Cioè domani. Dobbiamo ancora decidere per le bomboniere."

Caroline levò gli occhi al cielo. "Giusto."

"E cerca di trovare la canzone giusta questa notte, d'accordo?"

Caroline si mordicchiò il labbro. "D'accordo." Sapevano entrambi che non lo avrebbe fatto, ma per fortuna Hunter non insistette.

CAPITOLO SEI

Dopo che il dramma della spilla Budweiser era stato risolto, le settimane a venire trascorsero velocemente per Caroline. Hunter aveva concluso il resto dei progetti per il matrimonio e la giornata era finalmente arrivata. Caroline era più che grata per tutto il duro lavoro che Hunter aveva fatto per lei e per Matthew. Sapeva che non avrebbe mai avuto la pazienza necessaria a rendere il giorno del suo matrimonio bello come lo sarebbe stato grazie ad Hunter.

Ora Caroline si trovava nello scantinato della chiesa, a prepararsi assieme a due delle donne migliori che avesse mai avuto la fortuna di conoscere, prima di sposare l'amore della sua vita.

"Girati, Caroline; ti allaccio," ordinò Fiona.

Caroline sostenne il corpetto del vestito da sposa

e si voltò in modo da dare le spalle a Fiona. "Vi ringrazio per essere qui con me oggi."

"Non ce lo saremmo perse per nulla al mondo," disse Alabama in tutta serietà.

"So che non ci conosciamo da molto, ma voi siete le migliori amiche che io abbia mai avuto e sono davvero felice che andiamo così d'accordo." Caroline sapeva che stava blaterando, ma non riusciva a trattenersi. "Spero solo che, quando gli altri ragazzi troveranno la donna con cui vogliono stare, lei non sarà una stronza. Voglio dire, alcune delle tipe con cui sono stati erano orribili. Riuscite a immaginare noi che cerchiamo di andare d'accordo con quelle per il resto delle nostre vite?"

"Basta, Caroline. Seriamente, mi stai facendo paura," le disse Fiona, mentre tirava particolarmente forte uno dei lacci su cui era al lavoro.

"Possiamo smetterla di parlare di stronze e cominciare a parlare di quanto sarà fantastico questo matrimonio?" chiese Alabama senza fare una piega.

"Fiona, giuro su Dio che hai preso la decisione giusta quando sei scappata a Las Vegas per sposarti," disse Caroline alla sua amica, in tutta serietà. "Insomma, voglio bene al tuo uomo come a un fratello, ma è stato un gigantesco palo nel culo per gli ultimi due mesi."

Fiona ridacchiò mentre allacciava i nastri dell'abito di Caroline in un grosso fiocco. "Lo so. Il modo in cui si è comportato col tuo matrimonio ha confermato la mia decisione di sposarci in fretta e furia a Las Vegas."

Caroline si voltò verso Fiona mentre questa proseguiva.

"Ma Caroline, sarò per sempre in debito con te per avergli fatto questo regalo. Se avessi saputo quanto davvero voleva tutto questo, mi sarei turata il naso e glielo avrei dato, non importava quanto mi mettesse a disagio."

Senza esitare, Caroline si allungò e attirò Fiona in un abbraccio. "Beh, sono felice che tu non abbia dovuto sopportarlo. Avevo bisogno di aiuto e Dio sa che nessuna di noi se la sarebbe cavata bene quanto lui." Non lo disse per cattiveria, ma semplicemente per essere onesta.

"Proprio così," intervenne Alabama. "Non ho idea di come delle donne come noi possano essere tanto ignoranti delle arti femminili."

Risero tutte e tre.

"Ma guardaci, ora," disse Caroline in tutta serietà. "Voi due siete bellissime. Quei vestiti sono una bomba. Hunter sa cosa sta bene alle donne. Il lilla funziona davvero per tutte e due. In qualche modo, lui è riuscito a scegliere dei vestiti che sono incredibilmente sexy, ma che non vi fanno sembrare delle poco di buono. È davvero impressionante. Venite, facciamoci un selfie!"

Le tre donne si avvicinarono e Caroline tese il braccio e le fotografò col cellulare. Alabama le strappò il telefono di mano e cominciò a premere dei pulsanti.

"Cosa stai facendo?" chiese Caroline.

"Lo mando a Christopher. Non penserai di essere l'unica a prenderlo questa notte, vero?"

"Sei pessima... e mi piace moltissimo!" disse Fiona, per poi strappare il telefono di mano ad Alabama. "Da' qua! Devo mandarlo anche ad Hunter."

"Voi siete pazze. Come se non lo avreste preso comunque. Perdiana, se i vostri uomini sono come Matthew, lo prendete tutte le notti."

Caroline rise per il rossore che sbocciò sui volti di entrambe le sue amiche.

"Dai, facciamola finita. I ragazzi dovrebbero arrivare presto. So che Hunter li costringe a rispettare la tabella di marcia. Non vedo l'ora di vedere la faccia di Matthew quando mi incamminerò verso l'altare."

———

Wolf ringhiò e si allargò il cravattino attorno al collo. Le medaglie sul taschino sferragliarono mentre si infilava la giacca bianca a maniche lunghe dell'uniforme. L'uniforme di gala della Marina che indossavano tutti non gli era mai sembrata così stretta. Guardò il resto della sua squadra, abbigliata in maniera simile, finire a sua volta di vestirsi. Poco ci mancava che arrivassero in ritardo, come Cookie continuava a ricordare loro.

Cookie era stato un palo nel culo, ma Wolf era lieto della sua presenza. Li aveva tenuti tutti in riga e aveva organizzato tutto. Wolf ricordava che Caroline li aveva presi in giro perché sarebbero venuti in chiesa in limousine e ricordava di essersi detto d'accordo con lei sul fatto che la cosa fosse ridicola, ma ora ne era felice.

Non sarebbe mai riuscito a guidare, non in sicurezza, almeno. Porca troia, gli tremavano le mani. Non vedeva l'ora di fare di Caroline sua moglie. Lei era già sua, ma lui non vedeva l'ora che venisse il momento di infilarle la fede al dito.

"Sei pronto?"

Era stato Abe a parlare, ma Wolf rispose a Cookie. "La limousine è arrivata?"

"Calmati, Wolf. Sul serio. Non siamo in ritardo. Sono io quello che dovrebbe dare di matto, non tu."

"Cookie, questa mattina ho lasciato la mia donna nel mio letto, morbida e sazia. L'ultima cosa che mi ha detto mentre andavo al PT era: 'Ci vediamo all'altare.'

Per cui, scusami se voglio darmi una cazzo di mossa e arrivare a quella dannata chiesa per farla mia.”

Sotto lo sguardo di Wolf, tutti e cinque i suoi commilitoni gettarono la testa all'indietro e risero come pazzi. Lui si limitò a guardarli storto. Prima o poi, anche loro si sarebbero accasati.

“D'accordo, Wolf, mi dispiace. Sì, la limousine è arrivata. È qui fuori. Ma non possiamo partire troppo presto, perché potremmo incrociare le ragazze. E poi, l'ultima cosa che vuoi è restare in piedi vicino all'altare troppo a lungo, e se arriviamo troppo presto andrà proprio così.”

Wolf si passò la mano sulla testa e fra i capelli corti. “Ricordami ancora una volta perché volevamo dei matrimoni in grande, Cookie.”

Cookie andò da Wolf e appoggiò una mano sulla spalla del suo amico. “Perché nel momento in cui vedrai la tua donna che cammina verso di te, sorridente, brillante di luce propria perché è felicissima di essere sul punto di legarsi a te, allora ti renderai conto che tutto lo stress, che tutte le cazzate che hai dovuto sopportare negli ultimi due mesi ne valevano assolutamente la pena.”

“Mi dispiace che tu non abbia avuto tutto questo,” disse sinceramente Wolf a Cookie.

“Oh, sì che l'ho avuto. Forse non ho avuto la chiesa, l'abito da sposa e gli orpelli che si abbinano al matrimonio in grande stile, ma Fiona ha camminato comunque verso di me, mi ha comunque sorriso e brillava fottutamente di luce propria, perché era felice di essere sul punto di legarsi a me."

"Cazzo, che discorso." Wolf non sapeva cos'altro dire. I militari non erano famosi per essere gli uomini più romantici del pianeta, soprattutto i SEAL. Ma era palese che Cookie era contento al cento per cento di come si era svolto il suo matrimonio. Lui e Fiona avevano passato l'inferno e il loro matrimonio era perfetto per loro due.

"D'accordo, basta con queste cagate. Diamoci una mossa." Era stato Dude a parlare, in maniera più brusca rispetto agli altri. Era palese che ne aveva abbastanza dei bei discorsi e che era pronto a partire.

Wolf fu più che pronto a concordare. "Oh, sì, andiamo."

I sei uomini uscirono dalla casa di Wolf e si diressero verso la limousine. Abe e Cookie abbassarono lo sguardo quando i loro telefoni emisero il trillo che significava che avevano ricevuto un messaggio.

"Però! Aspetta solo di vedere Ice, Wolf. Ha un aspetto fantastico." Abe gli sbatté in faccia di aver appena ricevuto una foto da parte di Alabama, mentre a Wolf non era permesso vedere la sua fidanzata prima della cerimonia.

———————

Caroline era seduta sulla sedia e non riusciva a smettere di muovere nervosamente una gamba. Erano passati dieci minuti da quando la cerimonia sarebbe dovuta cominciare e i ragazzi non si erano ancora fatti vivi. Strinse il telefono fra le mani e gli ordinò mentalmente di suonare.

Fiona e Alabama sedevano ognuna sulla propria sedia, fissando il proprio telefono.

"Sono certa che stanno benissimo," disse nervosamente Alabama.

"Sì, sono solo in ritardo," le fece eco Fiona.

Caroline trasse un respiro profondo. "Qualcosa non va."

"Non puoi saperlo," disse Fiona in tono non troppo convincente.

"Sì, invece," ribatté Caroline. "Conoscete quei ragazzi. Porca miseria, Fiona, conosci Hunter: aveva pianificato tutto fino all'ultimo secondo. È impossibile che siano in ritardo. È successo qualcosa."

"Matthew arriverà," le disse Alabama in tono tranquillizzante.

Caroline non riusciva più a stare ferma. Si levò con un calcio i tacchi alti, che la stavano uccidendo – non aveva idea di come si fosse lasciata convincere da Hunter a indossarli – e cominciò a camminare per la stanza. "Matthew non mi abbandonerebbe mai. Lo so. Perdiana, questa mattina mi ha scopata così forte, prima di uscire, che lo sento ancora. Mi ha detto che aveva sempre sognato di fare sesso con la sua ragazza e con sua moglie lo stesso giorno."

Caroline ignorò il suono strozzato che Fiona emise mentre cercava di soffocare una risata e continuò senza prendere fiato.

"Ergo, è successo qualcosa. Lui non mi abbandonerebbe mai all'altare. Sa quanto mi farebbe male e lui non mi farebbe mai del male. Per cui, dobbiamo capire cosa diavolo sta succedendo. Subito."

Nel pronunciare l'ultima parola, Caroline si voltò e fulminò con lo sguardo le sue damigelle. Non era colpa loro e, perdiana, anche i loro uomini erano in ritardo, ma lei non riusciva a levarsi dalla testa il sinistro presentimento che fosse accaduto qualcosa di spaventoso ai loro uomini. Detestava quella sensazione. Era peggio di quando gli uomini erano in missione, perché stava succedendo *lì*. Negli Stati Uniti. Nella loro città. Quando loro avrebbero dovuto essere lì, nel giorno più importante della vita di Caroline.

Il telefono di Alabama squillò. Le tre donne lo fissarono per un istante, fino a quando Caroline non strillò: "Rispondi!"

"Pronto?" La voce di Alabama era bassa e tremava

un poco per l'ansia.

"Oddio. Sì. Va bene. Ma lui sta bene? Sì, d'accordo. Dove? Sì, ci penso io." La voce di Alabama si abbassò e lei trasse un respiro profondo. "Sì, sì. Va bene, grazie, Christopher. Arriviamo il prima possibile. Anch'io ti amo. Ciao."

"Cosa c'è?" chiese bruscamente Caroline non appena Alabama ebbe messo giù. "Oddio, cosa c'è?"

Invece di andare da Caroline, come Fiona e Caroline pensavano che avrebbe fatto, Alabama andò da Fiona. Le mise le mani sulle spalle e disse in tono neutro: "C'è stato un incidente. Hunter è rimasto ferito, ma se la caverà."

"Cosa?" gracchiò Fiona. "Hunter?"

Dimenticando che in teoria avrebbe dovuto sposarsi, dimenticando che indossava un favoloso abito da sposa, dimenticando tutto tranne la sua amica, che al momento sembrava sul punto di svenire, Caroline attraversò di corsa la stanza e circondò Fiona con le braccia. Arrivò giusto in tempo per aiutarla a sdraiarsi mentre le gambe le cedevano.

"Parla, Alabama. Cosa ha detto Christopher?" Caroline mantenne la voce controllata e tranquilla, anche se parte di lei avrebbe voluto mettersi a piangere e darsi all'isteria. Cullò Fiona fra le braccia mentre si inginocchiavano a terra e ascoltavano Alabama.

"Christopher ha detto che erano nella limousine e un'auto è passata col rosso. Ha colpito la fiancata della limousine dal lato in cui era seduto Hunter. Hanno tutti qualche graffio per via dei vetri rotti, ma Hunter ha perso conoscenza. Lo hanno portato al pronto soccorso del Riverton General, per stare sicuri. Sono tutti con lui."

Caroline si chinò e guardò Fiona negli occhi. "Hai capito? Sta bene, Fiona. Mi senti? Sta bene."

Fiona non riuscì a far altro che annuire, ma appoggiò per un attimo la testa al collo di Caroline. Caroline sentiva il suo fiato caldo contro la pelle mentre l'amica faceva del proprio meglio per riprendere il controllo.

"Alabama, potresti andare a parlare con la pastora, dirle quello che sta succedendo e chiederle di informare tutti? E detesto chiedertelo, ma puoi dirlo anche ai genitori di Matthew? So che saranno preoccupati. Di' loro che li chiamerò più tardi e che Matthew sta bene. Per favore, di' anche alla pastora che vorrei parlarle dopo che avrà spiegato a tutti come stanno le cose. Poi saremo pronte a partire e andremo dai nostri uomini."

"Ma il tuo matrimonio..."

Caroline interruppe Alabama. "Si fotta. Può aspettare. Nulla è più importante che assicurarsi che Hunter e gli altri ragazzi stiano bene."

Alabama guardò attentamente la sua amica in cerca di segni di falsità e del fatto che fosse più arrabbiata di quanto lasciava intendere. Quando nei suoi occhi non vide altro che preoccupazione per Fiona e per i ragazzi, finalmente Alabama annuì, girò sui tacchi e uscì dalla stanza.

Caroline mise una mano sulla nuca di Fiona. "Christopher non ci mentirebbe mai, Fiona. Se dice che Hunter sta bene, Hunter sta bene."

Fiona trasse un respiro profondo e sollevò la testa. "Lo so. È solo che... Non so cosa farei senza di lui."

"Lo so. Sul serio, *lo so*."

Le donne si guardarono negli occhi e la sincerità e il cameratismo che Fiona vide negli occhi di Caroline le diedero forza.

Fiona si alzò faticosamente in piedi, con l'aiuto di Caroline. "Ma il tuo matrimonio..."

"Come ho detto ad Alabama, si fotta. Dobbiamo andare all'ospedale."

"È il caso che ci cambiamo?"

"No, non c'è tempo. Ma dobbiamo indossare delle scarpe vere. Tu prendi le scarpe da ginnastica e io vado a prendere i sandali. Non possiamo camminare in giro con questi tacchi. Vado a prendere anche le scarpe di Alabama. Prendi le nostre borse."

Caroline si voltò quando la pastora entrò con Alabama.

"Mi dispiace tanto, Caroline. Ho riferito a tutti. Sono molto preoccupati per Matthew e per gli altri uomini, ma Alabama ha detto che andrà tutto bene." Quando Caroline annuì, la pastora proseguì: "Alabama dice che volevi parlarmi."

"Sì, grazie. Alabama, tu hai le chiavi dell'auto di Christopher, giusto?" Quando Alabama annuì, Caroline ordinò: "D'accordo, porta Fiona alla macchina. Io arrivo subito."

Senza dire una parola, le due donne presero le borse e uscirono dalla stanza. Caroline si rivolse alla pastora per chiederle un favore enorme.

Non molto tempo dopo, Caroline si affrettò verso l'auto di Christopher, tenendo sollevata la gonna dell'abito da sposa in modo che esso non strusciasse per terra, i sandali che battevano contro il cemento mentre lei camminava a passo rapido. Quando arrivò all'auto, Alabama e Fiona inarcarono le sopracciglia, ma non dissero una parola. Caroline ignorò le occhiate preoccupate degli ospiti che stavano uscendo dalla chiesa in quel momento e prese posto sul sedile posteriore. Si prese un attimo per sporgersi, appoggiare una mano sulla spalla di Fiona e darle una stretta rassicurante.

"Andiamo, Alabama. I nostri uomini hanno bisogno di noi."

CAPITOLO SETTE

WOLF ERA SEDUTO nella sala d'attesa con la testa fra le mani. Abbassò lo sguardo sulla sua uniforme, che era sporca di sangue. Era la prima volta che si sedeva davvero e aveva tempo per pensare. L'ultima ora era stata spaventosa, ma il suo addestramento militare si era attivato e lui si era mosso col pilota automatico.

Notò distrattamente che gli tremavano le mani. Un attimo prima, la squadra di Wolf si stava scambiando battute e quello dopo erano stati sbatacchiati sul retro della limousine come pop-corn da microonde nel sacchetto. Dopo che il vetro aveva smesso di volare, Wolf aveva sollevato lo sguardo e aveva visto che anche i suoi compagni di squadra avevano cominciato a mettersi seduti, storditi, con l'eccezione di Cookie.

Wolf non avrebbe mai dimenticato la vista del suo

amico che giaceva immobile sul pavimento della limousine. La fiancata dell'auto dove lui si era trovato era pesantemente ammaccata e c'era vetro che copriva tutto, incluso Cookie.

Wolf aveva già visto dei cadaveri in passato. Perdiana, ne aveva visti troppi, ma nella maggior parte dei casi essi non *significavano* nulla per lui. Ma la vista di Cookie che giaceva immobile, coperto di sangue, significava qualcosa. Lui si era subito accovacciato all'interno del relitto di metallo che li circondava e aveva tratto un sospiro di sollievo quando aveva sentito le pulsazioni di Cookie.

Si erano liberati velocemente dal metallo contorto, avevano controllato le condizioni dell'autista della limousine e del conducente dell'auto che li aveva colpiti e avevano atteso l'arrivo del personale di soccorso. Non ci era voluto molto. Un passante aveva chiamato il 911 e le sirene avevano cominciato a risuonare non molto tempo dopo.

Wolf e Dude avevano viaggiato nell'ambulanza con Cookie e il resto dei ragazzi era stato portato in ospedale dalla polizia. Avevano rifiutato l'assistenza medica sulla scena dell'incidente, sapendo di essere doloranti, ma di non aver riportato ferite gravi. Ma Cookie era ancora privo di conoscenza quando l'avevano caricato sull'ambulanza per il viaggio fino al pronto soccorso.

"Ho chiamato Alabama," sentì dire Wolf da Abe. Wolf guardò il suo amico.

"Cazzo." Wolf sapeva di aver fatto una cazzata. Avrebbe dovuto chiamare Caroline molto tempo prima. "Che ore sono?"

"Calmati, Wolf, va tutto bene. Le ragazze stanno arrivando qui."

"Cazzo," ripeté Wolf. Si era perso il suo matrimonio. Caroline sarebbe rimasta enormemente delusa. Lei e Cookie avevano progettato quel giorno per mesi.

"Non provarci nemmeno, Wolf," lo ammonì Dude, sedendosi accanto a lui. "Ice non si farà problemi."

Wolf non riusciva a parlare, da tanto era deluso. Non era preoccupato che Caroline fosse arrabbiata riguardo al matrimonio. Sapeva che non si sarebbe fatta problemi. Ma lui aveva atteso con ansia quel giorno. Voleva da tempo fare sua Caroline e ora avrebbe dovuto attendere ancora di più. Alla fine, rispose a Dude con un teso: "Lo so."

"Sei deluso," disse all'improvviso Mozart dall'altra parte della stanza.

Wolf non rispose. Non importava che lo ammettesse o meno; ormai, non poteva farci molto.

Benny si alzò e cominciò a camminare avanti e indietro nella stanzetta. "Magari possiamo farcela comunque. Mozart, chiama il comandante e fallo venire qui con una macchina. Andremo in chiesa e…"

"Va tutto bene, Benny," disse Wolf con determinazione. "Dobbiamo restare vicino a Cookie. Caroline e io ci sposeremo, non dubitarne, ma non oggi, cazzo."

Gli uomini tacquero. Non avrebbero potuto dire altro per far sentire meglio il loro leader, nonostante egli si fosse perso il suo matrimonio.

Il resto delle persone nella sala d'attesa lasciava ampio spazio ai SEAL, che erano tutti omoni coperti di sangue. Le loro uniformi di gala bianche non sarebbero mai state le stesse; avrebbero dovuto buttarle via. I frammenti di vetro, assieme alle cure prestate a Cookie sulla scena dell'incidente, avevano rovinato qualunque possibilità di salvarle.

La squadra era irrequieta e a turno, i suoi membri camminavano avanti e indietro nella piccola stanza. Avevano le mascelle serrate e c'era un'aura di pericolo che proveniva dal loro angolo della sala d'attesa.

"Quand'è che ci diranno qualcosa, porca miseria? Perché ci vuole così tanto?" si lamentò Benny, rivolto a nessuno in particolare.

"Stanno aspettando Fiona. A noi non dicono niente perché non siamo parenti."

"Un corno che non siamo parenti!" esclamò Benny, dicendo quello che pensavano tutti.

"Sai cosa voglio dire," disse Dude, cercando ancora una volta di calmare Benny.

"Che schifo."

Wolf non poté far altro che ridere, e non per divertimento, ma perché quell'affermazione era un eufemismo.

Sollevò lo sguardo quando l'ingresso del pronto soccorso si aprì. Entrarono a grandi passi Alabama e Fiona, seguite da Caroline. Tutte le persone presenti nella sala d'attesa fissarono le donne. Sembravano fuori posto nella sala d'attesa dell'ospedale, vestite da damigelle e, nel caso di Caroline, da sposa, come lo sarebbe stato un cowboy in una discoteca di New York.

Wolf non riusciva a distogliere lo sguardo da Caroline. "Cristo," borbottò sottovoce. Lei gli mozzava letteralmente il fiato. Wolf aveva sempre saputo che sarebbe rimasto sconvolto dalla sua bellezza quando lei sarebbe venuta da lui in chiesa e ci aveva visto giusto. Non importava che non fossero in chiesa. Non importava che fossero in un pronto soccorso di campagna. Non importava che lui fosse coperto di sangue e di graffi provocati dal vetro.

Era come se stesse guardando Caroline camminare verso di lui in un lungo tunnel. Non riusciva a convincere la bocca a formare parole, non riusciva a convincere i suoi piedi a muoversi. Tutto ciò che riusciva a fare era fissare la sua fidanzata.

Wolf non sentì la riunione fra Abe e Alabama e non sentì i singhiozzi di Fiona mentre Mozart la prendeva fra le braccia per rassicurarla. Finalmente, Caroline si fermò di fronte a lui. Wolf sollevò la mano e la appoggiò sul lato del collo della donna, stringendola forte. "Merda, Ice." Non erano le parole che aveva sognato di dire alla sua sposa quando l'avrebbe vista con l'abito per la prima volta, ma ciò non sembrava importarle.

Il volto di Caroline crollò e lei fece un passo verso di lui, preparandosi a tuffarsi fra le braccia del suo uomo.

Wolf avrebbe tanto voluto prendere Caroline fra le braccia e portarla via dall'ospedale, via dal dolore che di certo lei provava per Cookie e per il matrimonio saltato, ma non voleva metterla in disordine. Le appoggiò le mani sulle spalle e la tenne lontana da lui. "Caroline, sono coperto di sangue."

"Non mi importa."

"Ti sporcherai tutto il vestito."

"Non mi importa."

"Ice..."

"Non. Me. Ne. Frega. Un. Cazzo."

Alle sue parole, Wolf fece quello che avrebbe voluto fare fin dal momento in cui l'aveva vista.

Strinse Caroline a sé. Le portò una mano alla vita e le passò l'altra attorno alla nuca, dove la strinse a sé. Sentì le braccia di Caroline avvolgersi attorno a lui e le sue mani afferrare la sua camicia bianca sul dorso.

Nessuno dei due parlò per un lungo istante. Si limitarono a stringersi come se non volessero mai allentare la presa.

"Grazie a Dio stai bene." Finalmente, Caroline ruppe il silenzio. Le sue parole furono pronunciate contro il collo di Wolf e dette a bassa voce e con dolcezza, ma lui le udì comunque.

"Sto bene, Ice. Sto bene."

"Lo so. Fra un attimo mi riprendo. Solo... non lasciarmi ancora andare. Per favore."

"Non ti lascio andare. Col cazzo che ti lascio andare."

Caroline sorrise alle parole di Matthew. L'uomo non avrebbe mai vinto un premio come lingua più mielosa dell'anno, ma era suo e a lei non importava. Era lì fra le sue braccia, integro e perlopiù illeso. Le andava bene così.

CAPITOLO OTTO

Caroline si staccò finalmente dall'abbraccio di Matthew quando un'infermiera chiamò: "C'è un parente di Hunter Knox?"

Mozart esclamò: "Ecco," mentre guidava Fiona verso l'infermiera. Il resto del gruppo seguì a ruota, dando un certo spettacolo. Cinque uomini massicci, coperti di graffi e con addosso uniformi militari macchiate di sangue, due donne vestite con abiti da damigella lilla e una donna con un abito da sposa senza spalline con un breve strascico che si trascinava sul pavimento sporco della sala d'attesa non potevano certo passare inosservati o non suscitare commenti.

L'infermiera guardò costernata il gruppo numeroso che si andava radunando di fronte a lei. "Ehm, signora Knox, se vuole seguirmi, andremo laggiù a parlare in privato."

"No."

"Come?"

"Ho detto di no." Fiona si era raddrizzata, allontanandosi da Mozart, e aveva incrociato le braccia. Si reggeva i gomiti, per cui la sua posizione aveva un aspetto un po' più vulnerabile di quanto probabilmente lei avesse voluto, ma nessuno disse una parola. Fiona proseguì: "Questi uomini fanno parte della sua famiglia quanto me. Hanno combattuto al suo fianco, hanno sofferto con lui, si addestrano con lui. Qualunque cosa lei mi dica, può dirla anche a loro."

L'infermiera parve confusa, ma non contraddisse la donna palesemente sconvolta che aveva di fronte. "D'accordo, va bene. Andiamo comunque laggiù, così ci leviamo di torno, e vi spiegherò quello che sta succedendo."

L'infermiera gesticolò verso una stanza vuota collegata alla sala d'attesa e tutti si affollarono al suo interno.

"Il signor Knox è cosciente e sta bene. Da quanto siamo riusciti a capire, ha battuto piuttosto duramente la testa contro il finestrino al momento dello schianto. È per questo che ha perso conoscenza così a lungo. Ha subito qualche taglio e qualche abrasione, come la maggior parte di voi."

"Quando posso portarlo a casa?" chiese Fiona.

Dude era ora dietro di lei, sostenendola con le mani appoggiate sulle spalle.

"Potrà tornare a casa questa sera, sul tardi, ma il medico vuole tenerlo sotto osservazione per un po', per sicurezza. Dato che è rimasto privo di conoscenza piuttosto a lungo, vogliamo assicurarci che non abbia subito una commozione cerebrale."

"Non sarebbe la prima volta," disse sottovoce Mozart.

Ignorando Sam, Fiona chiese: "Posso vederlo?"

"Certo," rispose l'infermiera, che sembrava lieta che la conversazione fosse quasi finita. Palesemente, stare in una stanza con tutto quel testosterone era troppo per lei. "Mi segua e la porto da lui."

Caroline si affrettò a chiedere, prima che l'infermiera potesse lasciare la stanza: "Può venire anche qualcun altro?"

"Beh, non saprei…" tentennò l'infermiera.

"Per favore. Ha detto che non era nulla di serio. Sarebbe molto importante per noi entrare a vederlo." Caroline calò l'asso. "Avrebbe dovuto partecipare al mio matrimonio, oggi. È uno dei testimoni dello sposo e vorremmo tutti verificare che stia bene." Caroline cercò di assumere un'espressione innocente.

L'infermiera ci pensò su per un momento; poi, alla fine, cedette. "D'accordo, ma dovrete fare in fretta.

Non è giusto nei confronti degli altri pazienti che ci siano schiamazzi in una delle stanze."

Caroline sorrise radiosa all'infermiera. "Niente schiamazzi. Promesso. Grazie."

Wolf si rivolse a Caroline. "Cosa stai combinando?"

"Cosa ti fa pensare che io stia combinando qualcosa?"

"Ti conosco."

Caroline rise. "Ti amo, Matthew."

"Ora sono *sicuro* che stai combinando qualcosa."

Caroline si infilò fra le braccia di Matthew e sospirò mentre sentiva l'uomo circondarla nuovamente. Non era riuscita a respirare decentemente fino a quando non aveva appurato coi suoi occhi che Matthew stava bene.

"Ti fidi di me?"

"Assolutamente," rispose subito Matthew.

Caroline si sciolse ancora di più dentro. Sollevò lo sguardo su Matthew e notò che il resto dei ragazzi aveva lasciato la stanza. Erano soli. "Voglio sposarti."

Wolf sentì le viscere contrarsi. Merda. "Ice, smuoverei mari e monti per diventare tuo marito oggi, ma temo che dovremo rimandare." Guardò l'orologio. "Avremmo dovuto pronunciare i voti due ore fa. So che i membri del clero sono pazienti, ma qui si esagera."

"Potrei aver corrotto la pastora perché venisse in ospedale con me."

Lui si tirò indietro, mise la mano sotto il mento di Caroline e la costrinse a incrociare il suo sguardo. "Cosa?"

Di fronte allo sguardo severo negli occhi di Matthew, Caroline tentennò. "Eh, sì, ecco, quando ho sentito che voi ragazzi avevate avuto un incidente, ma che tu stavi bene, ho perso un po' la testa e mi sono rifiutata di credere che non saremmo riusciti a sposarci oggi. Aspettavamo questo giorno da troppo tempo e Hunter si è impegnato tanto, che volevo davvero farlo per lui. Non sapevo se se la sarebbe cavata o meno, ma ci speravo... per cui ho detto alla pastora che, se fosse venuta in ospedale con noi e avesse accettato di sposarci qui, tu avresti fatto una 'consistente' donazione alla sua chiesa."

Wolf gettò la testa all'indietro e rise. Non si sentiva così leggero da quando si era reso conto che erano stati travolti. "Puoi ancora diventare la mia donna oggi?"

"Sarò sempre la tua donna."

"Voglio dire, puoi ancora diventare ufficialmente la mia donna oggi, agli occhi della legge?"

"Sì."

"Cazzo." Wolf non riuscì a dire altro. La sua gola parve chiudersi e lui serrò le palpebre. Percepì, piuttosto che vederla, Caroline che si allungava per baciarlo sulle labbra, dopodiché entrambi chiusero gli occhi.

"Ti sposerei ovunque, in qualunque momento, Matthew, ma voglio fare questo regalo ad Hunter. Lui è coinvolto nel nostro matrimonio quasi quanto noi."

"Ti amo, Ice. Sei tutto quello che volevo dalla vita. Quando ero piccolo e vedevo quanto erano felici i miei genitori, pregavo che avrei trovato qualcuno com'era successo a mio padre. Allora non capivo davvero e, crescendo, mi sono reso conto di quanto loro fossero fortunati. È fottutamente duro trovare quel genere di amore. Ma io l'ho trovato, a trentaseimila piedi. Ho trovato te."

"Matthew..."

"So che oggi non te l'avevo ancora detto, ma sei assolutamente splendida. Tu, con questo vestito? Cristo, Ace. Sono fottutamente felice che tu sia mia. Non vedo l'ora di metterti il mio anello al dito, portarti a casa e toglierti questo vestito di dosso. Poi, trascorrerò il resto della notte a mostrarti quanto sono felice che tu sia ufficialmente e legalmente mia."

Ora era il turno di Caroline di farsi venire le lacrime agli occhi. "Forse non è un matrimonio tradizionale, ma non troverai mai nessuno che sia più innamorato di te di me."

Wolf si chinò e prese le labbra di Caroline con le

proprie. Non si trattenne minimamente, anzi, la divorò. Caroline si liquefece fra le braccia di Matthew mentre gli permetteva di prendere ciò di cui aveva bisogno. Adorava quando lui faceva il maschio dominante. Di solito non era una sottona, ma era palese che lui ne aveva bisogno, ora. E poi, Caroline sapeva che ne avrebbe tratto beneficio quando sarebbero tornati a casa.

Finalmente, Wolf sollevò la testa e passò il pollice sulle labbra gonfie di baci di Caroline, ora prive di ogni traccia di rossetto. "Possiamo andare subito a farci incatenare agli occhi della legge?"

Caroline sorrise all'uomo che presto sarebbe divenuto suo marito. "Sì, lascia solo che mi assicuri che la pastora non si sia spaventata e che imburri ancora un po' l'infermiera. Poi andremo a vedere Hunter e faremo tutto."

Wolf si chinò e baciò Caroline ancora una volta. "Adoro che tu voglia fare questo regalo a Cookie. Lui è mio fratello in tutto, tranne che nel sangue. Il fatto che tu faccia questa cosa per lui significa tutto per me. *Tu* significhi tutto per me."

"Lo so. Potrai ripagarmi stanotte."

"Puoi dirlo forte."

Uscirono dalla stanza per andare a cercare la pastora. Era giunto il momento di sposarsi.

CAPITOLO NOVE

CAROLINE ASPETTAVA NERVOSAMENTE Fiona nella sala d'attesa. Volevano darle un po' di tempo da sola con Hunter prima di fare tutti quanti irruzione nella stanza di lui e stupirlo con un matrimonio a sorpresa. Dopo che Fiona avrebbe concluso la sua visita, lei e Matthew sarebbero entrati a trovare Hunter e gli avrebbero spiegato che, in fin dei conti, si sarebbero sposati comunque in giornata... nella stanza di Hunter. Caroline sperava che l'uomo ne sarebbe stato felice, ma per prima cosa non vedeva l'ora di vederlo coi suoi occhi per essere certa che stesse bene.

Finalmente, Fiona tornò nella sala d'attesa. Sembrava che avesse pianto, ma aveva anche le labbra gonfie, come se fosse stata abbondantemente baciata.

"È pronto a vedervi," mormorò. Dude si fece

avanti e le mise un braccio attorno alle spalle, dandole un po' di sostegno non verbale.

Caroline si alzò e afferrò la mano di Matthew quando questi gliela tese. "Pronta?" chiese.

"Sì." Ed era *davvero* pronta. Era più che pronta. Caroline guardò la pastora, seduta in mezzo agli uomini e sorridente. In effetti, Caroline si rese conto che la donna sorrideva da tutto il pomeriggio, da quando aveva saputo che Hunter se la sarebbe cavata egregiamente. Sembrava felice come una pasqua di essere stata corrotta – ehm, convinta – a celebrare un matrimonio in una stanza d'ospedale.

Caroline bussò una volta alla porta di Hunter e, al secco "Avanti!" dell'occupante, la aprì.

Hunter giaceva sul letto con un camice da ospedale addosso; il lenzuolo era sollevato fino al centro del suo petto. Quando vide che si trattava di Caroline, si sedette sul letto, con una certa titubanza, e tese la mano. "Ice! Vieni qui."

Caroline sorrise, lasciò la mano di Matthew e si recò al capezzale di Hunter.

"Sei bellissima."

Caroline sbuffò. "Come no, Hunter."

"Sul serio. D'accordo, il tuo splendido vestito è sporco di quello che sembrerebbe sangue e la tua bella acconciatura è un po' storta, ma per un uomo che ha visto un'auto correre dritta verso la sua testa, sei perfetta."

Caroline si accigliò un poco a quelle parole. Ma Hunter proseguì: "Sono incazzato per il matrimonio, ma non preoccuparti: eravamo assicurati per il ricevimento, per cui non perderemo tutti i soldi. Dovremo rivalutare i fiori e alcuni altri dettagli, ma troveremo una soluzione. Dammi una settimana dopo che sarò uscito da qui e faremo in modo che voi due vi sposiate in un battibaleno."

Caroline tirò su col naso e trattenne le lacrime grazie alla pura e semplice forza di volontà. Hunter non si curava nemmeno di se stesso; al momento, gli importava solo del suo matrimonio. Mise la mano sulla bocca di Hunter. "Ascoltami un attimo." Quando Hunter annuì, lei gli tolse la mano dal viso e la tese a Matthew, che si trovava alle sue spalle.

Caroline sorrise a Matthew quando l'uomo le afferrò la mano e se la portò alle labbra per un rapido bacio. Quindi, si rivolse nuovamente a Hunter. "D'accordo, ecco il punto. Tu ti sei fatto il culo quadro per questo matrimonio e io non sono disposta a mandare tutto all'aria. Se a te va bene, la pastora è qui, io sono qui, Matthew è qui, tutti i nostri amici sono qui... Voglio sposarmi subito. Qui. Con te." Quando Hunter non disse nulla, limitandosi a giacere sul letto e a fissarla, Caroline balbettò: "Se va bene."

"Se va bene?" chiese incredulo Cookie.

"Attento, Cookie," disse Wolf al suo amico, non riuscendo a decifrare il tono della sua voce.

Cookie lanciò una rapida occhiata a Wolf e fece rapidamente il segno per "tutto bene". Wolf si rilassò e mise una mano in fondo alla schiena di Caroline per darle sostegno.

"Caroline, vieni qui," ordinò Cookie. Caroline si avvicinò di un passettino al letto e Cookie strinse la sua mano in una presa mortale.

"Non riesco a credere che tu voglia fare una cosa del genere. Dovresti aspettare fino a quando non si potrà fare tutto al meglio, fino a quando non sarà tutto perfetto."

Caroline si sedette con estrema prudenza sul letto di Hunter. "Oggi è perfetto. Mi dispiace che la giornata non sia andata come avevi pianificato, ma il fatto è che io voglio farlo oggi. Aspetto questo giorno da due mesi. Non voglio aspettare oltre. Ma voglio che a *te* vada bene. Sarei fottutamente onorata se tu facessi questa cosa, qui, con me, oggi."

Quando Caroline tirò su col naso per l'emozione, Wolf osservò seccamente: "Se vuoi due non la smettete di piagnucolarvi addosso, i medici dimetteranno Cookie e tutti i tuoi piani per un commovente matrimonio al capezzale di un amico non serviranno a niente, Ice."

Caroline rise e guardò Matthew. "Tieniti i pantaloni addosso, Matthew."

Risero tutti e lei si alzò. "D'accordo, chiamo il resto del gruppo. Matthew, stai buono. Ci vediamo fra poco." Si allungò e baciò il suo futuro marito. Non fu rapida e Matthew approfittò del suo stato emotivo per approfondire il bacio. Finalmente, Caroline si staccò, si baciò le dita, le portò alla bocca di Matthew e uscì indietreggiando dalla stanza.

"Ha indosso i sandali?" chiese scherzando Cookie al suo amico.

"Già."

"Non è quello che le avevo comprato."

"No."

"A te sta bene così, Wolf?" chiese seriamente Cookie.

"Sì, cazzo."

"Allora va bene."

I due uomini si sorrisero, ciascuno perso nei suoi pensieri della donna fantastica che era entrata nelle loro vite.

Caroline era nel corridoio dell'ospedale che si torceva nervosamente le mani. Gli uomini erano tutti nella stanzetta dove Hunter giaceva sul letto. Anche la pastora era nella stanza. Tutti stavano aspettando il suo ingresso, ma Caroline voleva prima un momento con Fiona e Alabama.

"Voi siete le migliori amiche che una ragazza possa avere. Non ho mai avuto una sorella o un'amica del cuore, ma ringrazio Dio tutti i giorni che voi siate entrate nella vita di Christopher e in quella di Hunter."

"Adesso? Ti pare il momento?" si lamentò fintamente Fiona, asciugandosi le lacrime.

Caroline rise e annuì. "Non c'è momento migliore di adesso."

"D'accordo, allora mi vendico. Quando ero rinchiusa in quella baracca in Messico, non pensavo che ne sarei mai uscita. Tu non mi consideri una derelitta, neanche quando ho dato letteralmente di matto di fronte a te."

Anche Alabama intervenne; le sue parole erano rese ancora più significative dalla sua storia. "Io avevo imparato a non fidarmi mai di nessuno, ma voi mi avete fatto capire che le persone possono essere altruiste e sincere e non so cosa avrei fatto senza di te, Caroline, quando ero senza un tetto."

Le tre donne si saltarono in braccio a vicenda come se lo avessero progettato. Si abbracciarono e piagnucolarono. Alla fine, Caroline si staccò e si asciugò gli occhi. "D'accordo, so che ho cominciato io, ma voglio sposarmi. Possiamo rimandare a più tardi i discorsi strappalacrime?"

Alabama seguì l'esempio di Caroline e si asciugò il viso. Fiona fece lo stesso.

"D'accordo. Alabama, tu entra per prima, poi Fiona. Sarà proprio come avevamo progettato per la processione in chiesa, solo che la navata sarà molto più piccola." Ridacchiarono tutte e Alabama si preparò ad aprire la porta per entrare. Si voltò all'ultimo momento.

"Ti voglio bene. Sono felicissima per te." E sparì.

Fiona si voltò verso Caroline.

"No, per carità. Non ce la faccio più."

Fiona rise a Caroline. "Volevo solo ringraziarti per avermi dato una mano in chiesa. Per un attimo, il mio mondo è finito, ma poi sei arrivata tu, che mi hai riportata nel mondo reale e mi hai aiutata a tirare avanti, minuto per minuto. Proprio come hai fatto quella volta al centro commerciale, quando ho avuto quel flashback. Grazie."

"Prego, Fiona. So che faresti lo stesso per me."

"Certo che sì."

"D'accordo, vado." Fiona si sporse, baciò Caroline sulla guancia e sparì a sua volta.

Caroline trasse un respiro profondo. Era pronta. Senza attendere oltre, nemmeno per fare scena, aprì la porta della stanza di Hunter e si infilò dentro. Si stava stretti. La stanza, di per sé, non era grande, ma fra i SEAL, la pastora e le due amiche di Caroline, era assurdamente affollata.

Matthew era accanto al letto di Hunter. La pastora era vicino alla porta, pronta a prendere posizione una volta che Caroline avesse raggiunto Matthew.

Caroline andò da Matthew e gli prese le mani. Non avendo un bouquet, le sembrava imbarazzante starsene semplicemente lì, ma Matthew non esitò e le circondò le mani con le proprie. Il sorriso che le rivolse le mozzò il fiato. Matthew era davvero un bell'uomo e, nel giro di qualche istante, sarebbe stato tutto suo.

"Siamo qui riuniti oggi..." La voce della pastora proseguì come un ronzio, ma tutto ciò che Caroline riusciva a vedere erano gli occhi di Matthew. Il loro sguardo era fisso nei suoi e lei vedeva la passione che contenevano. Probabilmente, Matthew leggeva la stessa emozione nei suoi occhi. Caroline cercò di restare nel presente, ma la promessa negli occhi di Matthew era quasi troppo. Tutto ciò a cui riusciva a pensare era il ricordo della sensazione del membro duro dell'uomo che le scivolava dentro e delle sue mani che le scorrevano lungo il corpo.

Caroline ebbe un sussulto quando Matthew si infilò una mano in tasca ed estrasse due anelli. Si era dimenticata completamente delle fedi. Grazie a Dio, lui se n'era ricordato. Quando venne il momento, Wolf si portò la mano di Caroline alla bocca e baciò il suo anello di fidanzamento. Lo sfilò, quindi le infilò la fede nuziale al dito fino a quando essa non toccò la base. Rimise a posto il diamante, dopodiché si portò nuovamente la mano della donna alla bocca e la baciò. Questa volta, si soffermò, assaporando la sensazione e la vista del suo marchio sulla mano di lei.

Poi venne il turno di Caroline. Non era in programma, ma lei non riuscì a fermare le parole che le uscirono dalla bocca. Mentre spingeva la spessa fascia di platino lungo il dito di Matthew, gli disse spontaneamente e onestamente: "So che probabilmente non potrai indossarlo quando sarai in missione e va bene così. So che mi appartieni e tu sai che appartengo a te."

Caroline, poi, seguì l'esempio di Matthew e si portò la sua mano alla bocca, baciando la fede a contatto con la pelle.

Lo vide mimare con le labbra le parole "Ti amo." Lo guardò negli occhi e, ancora una volta, ignorò le belle parole della pastora.

"Lo voglio."

La forza e la certezza dietro le parole di Matthew riportarono di colpo Caroline alla realtà. L'uomo si portò la sua mano alla bocca e la baciò.

Caroline ascoltò la pastora chiederle se volesse prendere Matthew come suo legittimo sposo. Quando venne il suo turno, rispose: "Lo voglio."

Sapendo che il momento stava arrivando, lei non riuscì a far altro che sorridere stupidamente a Matthew e attendere le parole che entrambi aspettavano. Finalmente, la pastora diede loro sollievo.

"Vi dichiaro marito e moglie. Puoi baciare la sposa."

Matthew posò entrambe le mani sul collo di Caroline, una posizione che lei adorava. Sentire le mani dell'uomo attorno a lei, che la tenevano ferma mentre lui la baciava, non mancava mai di far sì che il suo corpo si preparasse per il suo uomo.

"Ti amo, Ice." Le parole di Wolf furono pronunciate contro le sue labbra.

"Anch'io ti amo, Matthew." Ciascuna delle parole che proferiva fece in modo che le sue labbra sfiorassero quelle di lui. Prima che l'ultima sillaba le uscisse di bocca, Wolf completò la connessione fra di loro. Le tenne ferma la testa e inclinò ancora di più la bocca, fino a quando non ebbe Caroline esattamente dove la voleva. Le loro lingue duellarono, assaporandosi e stuzzicandosi a vicenda. Non era assolutamente il loro primo bacio.

Ma era il loro primo bacio come marito e moglie. In qualche modo, ciò lo rendeva completamente diverso da qualunque altro bacio avessero mai condiviso. Fu necessario che la pastora si schiarisse la voce per la terza volta per far sì che Wolf si staccasse da sua moglie. Lui sorrise a Caroline e le passò la punta di un dito lungo il collo arrossato. "Mia."

Caroline gli sorrise. "Tua," mormorò di rimando.

"Chinati, così posso baciare la sposa anch'io," ordinò Cookie, interrompendo il momento.

Caroline rise, si voltò verso il letto e si piegò. Invece del casto bacio sulla guancia che lei si aspettava, Hunter la baciò con forza sulle labbra.

"Ehi!" esclamò Wolf.

Caroline rise e diede un colpetto giocoso sulla spalla di Hunter. "Non dovresti provocarlo così."

"Ma lo rende così facile," fu la risposta di Cookie.

"Tocca a me," dichiarò Dude, facendo voltare Caroline verso di sé. Anche lui la baciò sulle labbra. "Benvenuta in famiglia."

La situazione procedette così. Ciascun membro della squadra fece a turno ed espresse la propria felicità perché Caroline faceva ufficialmente parte della famiglia.

Quando lei passò di nuovo a Matthew, vide che la calma dell'uomo era appesa a un filo. Cercò di tranquillizzarlo. "Ehi, marito." Le sue parole ebbero l'effetto desiderato.

"Ehi, moglie." Wolf l'abbracciò e si rilassò quando lei si sciolse contro di lui.

"Sorridete!" ordinò Fiona, scattando una foto col cellulare prima che Caroline e Wolf potessero muoversi.

"È venuta bene!" esclamò dopo aver controllato sul cellulare. "Ho fatto foto per tutta la cerimonia, ma credo che questa sia la mia preferita."

Inaspettatamente, Alabama ficcò il cellulare di fronte agli occhi di Fiona, senza dire una parola.

"D'accordo, ho mentito. È *questa* la mia preferita." Fiona prese il telefono dalla mano di Alabama e voltò lo schermo verso Caroline e Wolf.

Alabama aveva scattato la foto mentre Wolf baciava la sposa. La passione dell'uomo nei confronti di Caroline era palese. Caroline aveva la testa piegata all'indietro, a quello che avrebbe dovuto essere un angolo scomodo, ma le mani di Wolf sul collo le impedivano di piegarsi troppo. Tanto la sposa quanto lo sposo avevano gli occhi chiusi e la mano di Caroline stringeva la nuca di Wolf.

"Wow," fu tutto ciò che riuscì a dire lei quando vide la foto. "Me ne serve proprio una copia."

Wolf si chinò e le baciò delicatamente la tempia.

Fiona restituì il telefono ad Alabama e si sedette sul letto accanto ad Hunter. Gli coprì la mano con la propria e Caroline guardò Hunter voltare subito la mano per stringere quella di Fiona.

"Allora, è giunto il momento del primo ballo?" chiese Hunter in tono poco meno che irriverente.

Caroline sapeva che ce l'aveva ancora con lei. Non importava quante volte lei lo avesse rassicurato di aver scelto tutte le canzoni ed essersi consultata con il dj. Il fatto che Caroline rifiutasse di dire ad Hunter quale canzone avesse scelto dava molto fastidio all'uomo. Questi aveva chiesto e preteso, per poi cercare di convincerla a rivelarglielo facendo leva sul senso di colpa, ma Caroline era stata inflessibile. Aveva voluto che almeno una cosa fosse una sorpresa.

"A dire il vero, credo di sì," disse amabilmente Caroline ad Hunter. Si rivolse a Faulkner e tese la mano. "Grazie per avermi tenuto il telefono."

Dude tirò fuori dalla tasca il cellulare di Caroline e glielo diede.

Mentre Caroline cercava la canzone corretta sulla app che usava per ascoltare la musica, Cookie si rivolse a Fiona. "Tu sapevi quale canzone avrebbe scelto?"

"Non coinvolgermi in questa faccenda, Hunter," gli disse severamente Fiona, sfiorandogli con amore il dorso della mano col pollice. Era palese che non aveva la forza di essere davvero irritata con lui. "Non lo ha detto a nessuno di noi."

Caroline restituì il cellulare a Faulkner. "Va bene. Sono pronta. Premi play fra un secondo."

Caroline si voltò nuovamente verso Matthew e si mise dritto fra le sue braccia. Lo guardò. "Non è una canzone convenzionale."

Wolf la interruppe. "Non mi aspettavo nulla di meno da te, Ice."

Caroline gli sorrise e riprese a parlare. "Intendo dire che non è una canzone da matrimonio convenzionale. Perdiana, non è nemmeno molto ballabile, ma la prima volta che l'ho sentita ho pensato a noi. Ho cercato il testo e ho capito che sarebbe stata perfetta. Mi ricorda di me e di te tutte le volte che la sento, adesso."

La musica cominciò alle loro spalle e Caroline sorrise mentre la canzone dei Goo Goo Dolls, *Come to Me*, risuonava con echi metallici dall'altoparlante del suo piccolo telefono.

Lei e Matthew ondeggiarono avanti e indietro mentre ascoltavano una canzone che parlava di un amore cominciato con un'amicizia. Caroline non distolse lo sguardo dagli occhi di Matthew mentre ondeggiavano, ma sapeva che tutti li stavano guardando con un sorriso.

Caroline rimase di stucco quando la canzone raggiunse il punto più alto e Matthew le cantò le parole, modificandole per adattarle alle circostanze presenti.

"Today's the day I made you mine, I didn't get to the church on time. Take my hand in this hospital room, you're my wife and I'm your groom. Come to me my dearest love, this is where we'll start again.[1]*"*

"Oddio."

Caroline udì l'esclamazione, non riconobbe la voce, ma in ogni caso la ignorò. Aveva occhi solo per suo marito. "Tu conosci questa canzone?"

"Sì, Ice. La conosco."

L'uomo non aggiunse altro.

"Come fai a conoscerla?" volle sapere Caroline.

"Onestamente? Hai lasciato il cellulare in giro, una sera, e io ho visto che la stavi ascoltando. L'ho cercata e l'ho scaricata. Mi sono detto che, se ti piaceva, avrei dovuto sentirla. E ora è la *nostra* canzone." Matthew continuò a stupire Caroline, citando parzialmente ancora una volta la canzone. *"This is now our favorite song.*[2]*"*

"Wow." L'esclamazione era giunta dall'infermiera sulla soglia. Era la sua voce quella che Caroline aveva udito quando Matthew aveva cantato per lei.

"Credo che sia la cosa più bella che io abbia mai visto in vita mia."

Caroline sorrise. Non poteva certo non essere d'accordo.

Una volta che la canzone finì, Caroline si rivolse ad Hunter. "Allora? Come me la sono cavata?"

Cookie sorrise a Caroline. "Bene, Ice. Te la sei cavata bene. Io non avrei potuto scegliere una canzone migliore per voi due."

Caroline sorrise al complimento e si voltò di nuovo verso suo marito.

"Ti amo, Matthew."

"Ti amo, Caroline."

CAPITOLO DIECI

WOLF SI MISE comodo contro la testiera del letto e sorrise a sua moglie. Aveva tenuto la destinazione del loro viaggio di nozze segreta a tutti e fino a quel momento era stato tutto perfetto. Caroline pensava che fossero diretti verso una spiaggia da qualche parte. Per quanto Wolf avrebbe voluto vederla in bikini, aveva una destinazione diversa in mente. Caroline gli aveva fatto capire che sperava che lui la stesse portando a Maui, al punto da fargli ripromettere che ce l'avrebbe portata in vacanza entro breve.

Anche i suoi commilitoni avevano cercato di indovinare e avevano tirato fuori idee che andavano da Parigi a San Francisco. Wolf aveva tenuto la bocca cucita e non avrebbe potuto essere più compiaciuto dai risultati della sua discrezione.

L'unica persona a cui l'aveva detto era Fiona. Wolf

aveva avuto bisogno che Fiona riempisse le valigie di Caroline con abiti appropriati e cose da ragazza. Wolf non credeva che Caroline avesse *bisogno* di molti vestiti, ma sapeva che avrebbe voluto portare con sé alcuni dei suoi orpelli, per cui lo aveva detto a Fiona e lei aveva giurato che non lo avrebbe detto a nessuno, nemmeno a Cookie.

Non si erano allontanati molto da casa. Wolf li aveva portati a Sedona, in Arizona, dove aveva scelto una baita in alta montagna. Aveva fatto una ricerca su Internet e prenotato la stanza più isolata possibile. Aveva intenzione di tenere Caroline nuda nel suo letto per tutta la settimana. Il resort offriva il servizio in camera e quello era tutto ciò di cui lui aveva bisogno. Un letto, cibo e sua moglie.

Wolf sorrise. Sua moglie. Cristo, quanto gli piacevano quelle parole. Scostò i capelli dal viso di Caroline e sorrise mentre lei si accoccolava ancora di più contro di lui. Era esausta e lui sapeva che era tutta colpa sua. Si sarebbe scusato, ma non gli dispiaceva minimamente.

Ripensò a quel mattino in cui Caroline aveva controllato la casella di posta. Wolf non avrebbe voluto che lo facesse, ma sapeva che lei era preoccupata per le sue amiche. Fiona e Alabama avevano radunato tutte le foto del matrimonio che avevano fatto e avevano spedito a Caroline il link all'album online. Nessuno che avesse visto quelle foto avrebbe pensato che il loro fosse stato granché come matrimonio, ma Wolf le adorava fottutamente.

I capelli di Caroline erano scompigliati in tutte le foto. Il suo vestito aveva delle strane macchie scure sul fondo. Si trascinava a terra, perché lei indossava i sandali invece dei tacchi. Le calzature di Caroline facevano parte della loro storia, perché in una delle foto Wolf la reggeva col braccio e lei sollevava una gamba per agganciargliela alla vita. Le sue scarpe non convenzionali erano chiaramente visibili.

Inoltre, il vestito da sposa di Caroline era spiegazzato e con delle strane macchie rosse. Wolf sapeva di averla messa in guardia, ma ringraziava Dio che a lei non fosse importato nulla. Il trucco di Caroline era inesistente, ma d'altra parte, Wolf la vedeva così per la maggior parte del tempo e lui adorava che Caroline avesse il solito aspetto di Caroline nelle foto del loro matrimonio.

Fiona e Alabama avevano la stessa immagine disastrata, ma erano anche splendide nella loro trascuratezza. C'era una foto di Fiona sdraiata sul letto accanto a Cookie, con la mano sinistra, dove la fede nuziale era in bella mostra, appoggiata sul petto del marito. La donna aveva gli occhi chiusi, ma Cookie la guardava come se per lui fosse la cosa più preziosa al mondo, il che era la verità.

Alabama aveva incluso anche una foto di lei ed Abe. Abe era alle sue spalle, con un braccio appoggiato in diagonale sul suo petto e l'altro attorno alla sua vita, che la stringeva contro di lui. Alabama guardava verso l'alto, verso il suo uomo, e rideva per qualunque cosa le avesse appena detto. Persino col vestito lilla in disordine e un paio di scarpe da ginnastica ai piedi, la donna era bellissima fra le braccia del suo uomo.

Le amiche di Caroline avevano svolto un lavoro meraviglioso nell'immortalare ogni momento del loro matrimonio improvvisato, dai ragazzi che baciavano la sposa a loro che firmavano la licenza di matrimonio. Perdiana, Alabama aveva persino infilato una foto di Wolf che porgeva alla pastora una mazzetta per ringraziarla del disturbo di aver dovuto trascorrere l'intero pomeriggio in ospedale. Naturalmente, la pastora aveva detto che non era nulla e si era scrollata di dosso i suoi ringraziamenti, ma Wolf sorrise al ricordo di come la donna di Chiesa avesse intascato il denaro, borbottando di come lo avrebbe speso per allargare il parco giochi per i bambini della chiesa.

Dopo che si erano sposati, Wolf aveva chiamato i suoi genitori e aveva spiegato loro quello che era successo quel pomeriggio. Caroline aveva temuto che la coppia si sarebbe offesa per essersi persa il matrimonio del figlio, ma Wolf sapeva che non avrebbe avuto problemi. Ed era così. I suoi genitori erano enormemente compiaciuti che il loro figlio fosse felice, la qual cosa era più che ovvia. Gli estorsero la promessa di portare Caroline a cena da loro il prima possibile dopo il ritorno dalla luna di miele.

I pensieri di Wolf tornarono a Caroline. Per quanto amasse le foto, presto si era stancato di guardarle e aveva spinto il computer fuori dai piedi, per introdurre Caroline al sesso sul tavolo della cucina. Lei aveva accolto l'idea con entusiasmo.

Nessuno dei due esitava a mostrare all'altro quanto si amassero attraverso il sesso. Caroline e Wolf ne avevano fatto parecchio durante il periodo della convivenza, ma non avevano mai avuto il lusso di potersi lasciare andare completamente, senza preoccuparsi di altro che non fossero loro stessi. C'era sempre stato di mezzo il lavoro o qualche disgrazia. Prima Alabama ed Abe, poi Fiona. Né Caroline né Wolf se la sarebbero mai presa coi loro amici per quello che era accaduto, ma era fantastico non doversi preoccupare di nulla, se non dello stare insieme.

Caroline accentuò la presa su Wolf e poi, lentamente, aprì gli occhi e sollevò lo sguardo. "Non riesci a dormire?" mormorò assonnata.

Wolf sorrise fra sé. Era pieno pomeriggio. Era sveglissimo e nemmeno lontanamente stanco quanto avrebbe dovuto per fare un pisolino. "No, torna a dormire, Ice. Avrai bisogno di forze per dopo."

Non avendo inteso eccitarla con le sue parole, Wolf rimase piacevolmente sorpreso quando ciò accadde. Caroline gli si mise a cavalcioni. Avevano gli occhi allo stesso livello, perché Wolf era appoggiato alla testiera del letto.

"Non sei stanco?" chiese nuovamente lei, questa volta passando le mani sul petto duro di Wolf mentre parlava. Le sue dita gli stuzzicarono il capezzolo per un istante prima di scendere ancora più in basso, fino a quando lei non glielo prese in mano.

Wolf si sentì indurire al primo contatto delle morbide dita di Caroline su di lui. "Cristo, Ice, tu mi fai fuori."

"Ma che modo di morire, eh?"

Caroline cambiò posizione fino a quando non riuscì a prendere Wolf dentro e calò su di lui. O almeno ci provò. Wolf la tenne stretta per i fianchi e non le permise di prenderlo completamente. "Sei pronta per me, Ice? Non voglio farti del male."

"Non voglio essere volgare, Matthew," ansimò Caroline, stringendogli le spalle mentre lo guardava negli occhi e parlava, "ma ho ancora il tuo ultimo orgasmo dentro di me. Mi ecciti solo guardandomi con quei tuoi occhi da scopata. Per cui, per rispondere alla tua domanda, sì, sono pronta per te. Sono *sempre* pronta per te. Sono bagnata; non mi farai male."

Wolf allentò la presa e lasciò che Caroline ricadesse su di lui. La donna aveva ragione. Era fradicia. Calda, bagnata e stretta. "Com'è che diventa sempre meglio?"

Caroline la prese come una domanda retorica e la ignorò. Cominciò a muoversi, senza distogliere lo sguardo dagli occhi di suo marito. "Ti amo, Matthew."

Wolf sorrise. Non si sarebbe mai stancato di quelle parole. "Anch'io ti amo, Caroline. Ora stai zitta e prendilo."

Venti minuti dopo, Wolf sorrise di nuovo. Sembrava che non riuscisse a smettere di sorridere. Giacevano sui fianchi sul letto, le coperte non si vedevano da nessuna parte e Caroline era ancora una volta stretta fra le sue braccia.

Lui mosse la gamba, che era stata appoggiata sul fianco del telaio del letto, e si spostò più in alto. Caroline gemette. "Tieniti stretta, Ice." Wolf si raddrizzò e mosse se stesso e Caroline fino a quando non furono entrambi nuovamente sdraiati per lungo sul letto. Lui si chinò e prese un cuscino da terra, dove esso era giaciuto dimenticato nel corso della loro unione. Mise entrambi comodi e sospirò.

Udì Caroline trarre a sua volta un sospiro

profondo e la baciò sulla tempia. Le gambe della donna erano intrecciate alle sue e lui sentiva il calore del corpo di lei penetrare nel suo. Il punto umido sotto il sedere era fastidioso, ma al pensiero di ciò che aveva reso umido quel punto, lui capì che avrebbe sopportato di giacere lì per tutto il tempo che Caroline avrebbe impiegato a svegliarsi e loro due avrebbero impiegato a inumidirne un altro.

Wolf, sentendosi finalmente assonnato, pensò a quello che avevano ordinato per cena. Voleva essere sicuro che mantenessero le forze. Avevano ancora quattro giorni da trascorrere nascosti dal mondo. Prese la mano sinistra di Caroline e ammirò gli anelli alle dita di lei. Si sentiva un cavernicolo, ma adorava avere il proprio marchio sulla donna.

Wolf chiuse gli occhi pensando a sua moglie. Sua moglie. Non avrebbe mai creduto di poter essere così fortunato nella vita. Prima di addormentarsi, pensò ancora una volta alle parole della canzone del loro matrimonio. Parole più vere non erano mai state pronunciate. Caroline era dolce e lui era assolutamente grato.

————

Libro 5, *Proteggere Summer,* Ora disponibili !

NOTE

CAPITOLO DUE

1. Gioco di parole intraducibile col verbo "to seal", che in questo contesto significa appunto "suggellare" (ndt).

CAPITOLO NOVE

1. "Oggi è il giorno in cui ti ho fatta mia, non sono arrivato in chiesa in tempo. Prendi la mia mano in questa stanza di ospedale, tu sei mia moglie e io il tuo sposo. Vieni da me, amore mio carissimo, qui è dove ricominceremo." (ndt).
2. "Ora questa è la nostra canzone preferita." (ndt)

Also by Susan Stoker

Armi e Amori
Proteggere Caroline
Proteggere Alabama
Proteggere Fiona
Il Matrimonio di Caroline
Proteggere Summer
Proteggere Cheyenne (Prossimamente)

Delta Force Heroes
Salvare Rayne
Salvare Emily
Salvare Harley
Il Matrimonio di Emily
Salvare Kassie
Salvare Bryn (Prossimamente)

In inglese:
Delta Force Heroes Series
Rescuing Rayne
Rescuing Aimee (novella)
Rescuing Emily
Rescuing Harley
Marrying Emily (novella)
Rescuing Kassie

Rescuing Bryn

Rescuing Casey

Rescuing Sadie (novella)

Rescuing Wendy

Rescuing Mary

Rescuing Macie (novella)

Delta Team Two Series

Shielding Gillian

Shielding Kinley

Shielding Aspen (Oct 2020)

Shielding Riley (Jan 2021)

Shielding Devyn (May 2021)

Shielding Ember (Sep 2021)

Shielding Sierra (TBA)

Badge of Honor: Texas Heroes Series

Justice for Mackenzie

Justice for Mickie

Justice for Corrie

Justice for Laine (novella)

Shelter for Elizabeth

Justice for Boone

Shelter for Adeline

Shelter for Sophie

Justice for Erin

Justice for Milena

Shelter for Blythe
Justice for Hope
Shelter for Quinn
Shelter for Koren
Shelter for Penelope

SEAL of Protection: Legacy Series

Securing Caite
Securing Brenae (novella)
Securing Sidney
Securing Piper
Securing Zoey
Securing Avery
Securing Kalee (Sept 2020)
Securing Jane (Feb 2021)

SEAL Team Hawaii Series

Finding Elodie (Apr 2021)
Finding Lexie (Aug 2021)
Finding Kenna (Oct 2021)
Finding Monica (TBA)
Finding Carly (TBA)
Finding Ashlyn (TBA)
Finding Jodelle (TBA)

Ace Security Series

Claiming Grace

Claiming Alexis
Claiming Bailey
Claiming Felicity
Claiming Sarah

Mountain Mercenaries Series

Defending Allye
Defending Chloe
Defending Morgan
Defending Harlow
Defending Everly
Defending Zara
Defending Raven

Silverstone Series

Trusting Skylar (Dec 2020)
Trusting Taylor (Mar 2021)
Trusting Molly (July 2021)
Trusting Cassidy (Dec 2021)

SEAL of Protection Series

Protecting Caroline
Protecting Alabama
Protecting Fiona
Marrying Caroline (novella)
Protecting Summer
Protecting Cheyenne

Protecting Jessyka
Protecting Julie (novella)
Protecting Melody
Protecting the Future
Protecting Kiera (novella)
Protecting Alabama's Kids (novella)
Protecting Dakota